Ulrike Draesner
Schöne Frauen lesen

W0011812

Ulrike Draesner

Schöne Frauen lesen

Über Ingeborg Bachmann,
Annette von Droste-Hülshoff,
Friederike Mayröcker,
Virginia Woolf u. v. a.

Sammlung Luchterhand

INHALT

SCHÖNE
(Def.)

Abk. Foto von Monroe, im *Ulysses* von Joyce lesend

anatom. alles oder nichts

biol. bekannt als »Handicap«, etwa Pfauenschwanz. Sieht für uns »schön« aus, wird von Pfauenhennen aber geschätzt, weil sich zeigt: dieser Mann kann, anders als wir, die Weibchen, nicht fliegen, überlebt aber doch.

chirurg. das unmittelbar der Schwerkraft unterworfene Dasein insbesondere der weiblichen Menschheit

christl. (NT) die (schöne) Bescherung

etymol. **nach Grimm:** vermutet Zsh. zu »skone«, heute »schonen«, der angeblich in Kontexten wie »verschon' mich bloß damit« (woher soll ich denn wissen, was du anziehen sollst), weiterlebt. Volksetymolog. verwandt mit »schon«

im Sinne von »rasch, vorzeitig« bzw. mit »stöhnen«.

nach Grimm, verbesserte Fassung, genannt Märchen: ein nie lügender Spiegel zerstört das Verhältnis zwischen Müttern und Töchtern. Am Ende sind zwei Frauen viele Jahre älter, und der Spiegel lügt noch immer nicht. Längst ist deutlich: eine muss gehen. Aber warum sitzen sie weiterhin zusammen?

euphem.   »Du bist die Schönste!«

exklam.   Mach mal schön Bitte!

film.   *Die Schöne und das Biest*
dicht gefolgt von *Black Beauty* (dem Pferd)

gramm.   überdeterminiert, da mit den Artikeln *der, die, das,* kombinierbar. Ideales Werbemittel für »Wir lernen deutsch«.

griech.   bekannt als »Birne Helene«. Frucht schälen, vierteln, entkernen, mit Schokosauce übergießen. Alternativer Name für das Endprodukt: »Trojanisches Pferd«. Vgl. auch »lit. allgem.« und »Abk.«

hortic.   die Kirschen in Nachbars Garten

kulin. »Süppchen« − »jetzt essen wir mal schön das …« Hauptverw.: Kitas, Seniorenresidenzen

literar. **allgemein:** »die schöne Literatur«: Redewendung des 19. Jahrhunderts. Alles, was nicht wissenschaftlich, also nützlich ist, sondern beim Lesen Spaß macht. Verbunden mit Sofa, Genießen, Schokolade. Also nützlich, wenn auch auf eigene Art.

spezif: Goethe: »mehr Vulpius«

mathem. a verhält sich zu b, wie a + b zu a. Es fällt auf: auch hier werden drei Einheiten benutzt, die partiell und wechselhaft verschmelzen. Siehe auch: Stoff für »literar.«, wobei a, b und c zu Personen werden.

meteorol. was es früher nicht oft genug gab, während es nun zu häufig zu werden droht

meteorol. -nostalg. Überleben des Wetterfrosches in seinem Glas

mil. »freundliche Übernahme«

mythol. Marie Curie begegnet Clark Gable. Er sagt: »Stellen Sie sich vor, wenn wir ein Kind hätten. Ihre Intelligenz und meine Schönheit.« Sie sagt: »Und was machen wir, wenn es andersherum kommt?«

philosoph. bei Kant: Gefühl der Beförderung des Lebens. Bei Wittgenstein: Wortgebrauchsweise, u.a. zur Beförderung des Lebens im männlichen Cambridge

poet. Tod durch Musen

verb. lesen

FRAUEN
(Portale)

Annette von Droste-Hülshoff (1797–1848)

 Anna Elisabeth Franziska Maria Adolphina Wilhelmina Ludowica, aufgewachsen in einer Wasserburg nahe Münster, ledig, unternahm 1841 eine Wasserreise besonderer Art: Sie besuchte ihre Schwester, die mit Familie im Meersburger Schloss lebte, am Bodensee. Kaum war »Nettchen« angekommen, traf auch Lewin Schücking ein, muntere 17 Jahre jünger als die Dichterin, ehrgeizig, westfälischer Neu-Schriftsteller. Manche reden von »mütterlicher Liebe« – Drostes Gedichte aus der Zeit erzählen etwas anderes. Im April '42 reiste Schücking wieder ab. Die Dichterin, klein, blond, stark kurzsichtig, die Augen wölbten sich vor wie bei einem Frosch, ging wieder allein spazieren.

Weibliche Welten? Ja, Annette war witzig, bissig, satirisch. Musste Nichten und Neffen hüten. Das Schloss in Meersburg besuchte sie noch zweimal; dort wohnte sie in der »Spiegelei« – freier Blick auf das spiegelnde Wasser des Sees. 1844 erschien auch Schücking wieder, mit frisch angetrauter Gattin. Droste ersteigerte ein Meersburger Haus samt Weinberg. Blicke auf Himmel und See. Schücking und Frau blieben drei Wochen, man kann sich ausmalen, was sich abspielte, er und Droste sahen sich danach nie wieder. Sie versuchte ihr Traubenglück: auspressen, keltern, trinken. Und schrieb Gedichte über Gruben, Pflichten, über Glauben und darüber, was man nicht glauben kann. Sie lachte gern. Krank war sie schon als Kind, blieb es ein Leben lang. Nervosität? Schwächlichkeit? Aus dem Rebenkeltern wurde nichts. Im Alter von 51 Jahren starb sie in Meersburg, wohl an einer Lungenembolie, die einzig wirklich eigenständige Dichterin deutscher Zunge des ganzen 19. Jahrhunderts. Ist das traurig? Ja.

Erwähnte Werke: das Gedicht *Das Spiegelbild*

Weiter-Lesen: Emily Dickinson, Gedichte

Gustave Flaubert (1821–1880)

Achet Chufu, Horizont de Cheops – im Dezember 1849 stehen Flaubert und sein Freund Maxime du Camp vor der 140 Meter hohen Pyramide bei Gizeh. Flaubert befindet sich im »besten Mannesalter«, viele Badehäuser werden besucht, zahlreiche Mädchen und Knaben aus der Nähe angesehen. Gustave steckt sich mit Syphilis an, alles andere hingegen läuft wie vorgesehen: Maxime und Gustave schlafen am Fuß der Pyramide in einem Zelt, um am nächsten Morgen vor der Hitze des Tages die Besteigung zu wagen. Gustave, »bestes Mannesalter«, leider etwas dick, beginnende Glatze, keinerlei Kondition, braucht Hilfe: zwei Ägypter schieben, zwei andere ziehen ihn hinauf. Oben wartet bereits Freund Maxime, Flaubert findet eine Visitenkarte, ausgelegt wie ein Osterei: *Humbert, Frotteur* – Rouen. Das also ist ihr Humor: natürlich hat Maxime die Karte platziert. Doch, besser noch: Flaubert selbst brachte sie nach Ägypten, hatte sich bereits zu Hause den Pyramideneffekt ausgedacht.

Effekte, unwahrscheinliche Übereinstimmungen, Zufälle und Zusammenhang. Auf die Bourgeoisie spottete Flaubert gern, doch als *Madame Bovary* Erfolg hatte, ließ er sich das Pariser Gesellschaftsleben durchaus gefallen – seiner Emma gar nicht so unähnlich. Sogar das Kreuz der Ehrenlegion trug er auf dem Busen, ganz wie der lächerliche *Bovary*-Apotheker Homais. Aber die Räume selbstironischer Spiegelung sind unendlich – *mise en abîme* nennen die Franzosen das, »an den Abgrund setzen«. Beine baumeln lassen, Horizont genießen.

Zu Hause lebte Gustave mit Mutter und Nichte, aus jeder Generation war in der einst großen Familie nur einer übrig geblieben. Später, als er allein war, kaufte er sich einen Windhund und träumte von Prosa um nichts. Er starb plötzlich, erst 58 Jahre alt; als man ihn fand, war seine Faust so verkrampft, dass man keinen Handabdruck nehmen konnte. Auch dies – ein Horizont. Im Übrigen war Flaubert stark kurzsichtig; er verstand es, Poren zu sehen.

Erwähnte Werke: *Madame Bovary, Un Cœur simple*, Briefwechsel mit Louise Colet; Julian Barnes, *Flaubert's Parrot*

Weiter-Lesen: Gustave Flaubert, *L'Education sentimentale*

Virginia Woolf (1882–1941)

Gordon Square, London-Bloomsbury: lautstark warb eine kleine Kommune für freie Liebe, die Bibliothek des British Museum lag um die Ecke, die Zeitungsredaktionen der Fleet Street waren nah. In das helle alte Haus Nr. 46 zogen im Sommer 1904 Vanessa, Adrian und Thoby Stephen; die Vierte im Bunde, Virginia, war krank und wurde in Cambridge behandelt. Nach dem Tod des Vaters im Februar des Jahres hatten die Geschwister eine Europareise unternommen, am Ende hörte Virginia Stimmen, litt an Kopfschmerzen, Herzbeschwerden und warf sich aus einem Fenster. Erst im Winter kam sie nach London, das Leben sollte nun anders werden: die Geschwister, die schon 1895 die Mutter verloren hatten, waren endlich unter sich, Thobys Studienfreunde kamen zu Besuch, einer von ihnen hieß Leonard Woolf. Sieben Jahre später sah er, der inzwischen im englischen Kolonialwesen in Indien arbeitete, Virginia wieder. Zur Hochzeit im August 1912 quittierte er den Dienst und schloss mit seiner Frau einen doppelten Pakt. Sie wollte keinen Sex, er wollte, dass sie jeden Morgen schreibt. Nun lebten die Woolfs in London sowie auf dem Land; immer wieder erkrankte Virginia, wurde in Kliniken behandelt. War sie gesund, hielt sie Vorträge, schrieb Rezensionen, scharfsinnige Essays zur (englischen) Literatur und ein erstes fiktives Buch. Es wurde 1919 gedruckt. Die (natürlich kinderlose) Ehe schien der Autorin gut zu tun, in rascher Folge publizierte sie in den 20er-Jahren ihre wichtigsten Romane. Auf einem Gartenfoto kann sie, unter breitkrempigem Hut mit großer weißer Feder, in Spitzenbluse, Rüschenrock, Zigarette im Mund, den Hals durchgedrückt, so dass man den Kehlkopf sieht, scharf schauen wie ein Mann. Im Vergleich zu einem Jugendfoto von 1903 wirkt sie kaum gealtert. Um sich zwischen den Romanen auszuruhen, schreibt sie 1933 ein kleines Buch über den Hund des Dichterpaares Browning, *Flush* – und sitzt, ein paar Jahre später, mit seidenhaarigem Setter im Garten ihres Landhauses, an eine Blumenurne gelehnt. Schauen kann sie nun wie eine Hagestölzin, ihr Körper ist lang und dünn, Augen gesenkt, schlichtes Kleid – sie wirkt anwesend, doch fort. Im Januar 1939 besuchen die Woolfs Dr. Freud in Hampstead. Der zweite weltweite Krieg bricht aus. Virginia Woolf schreibt, mit Mühen, ihren letzten Roman, *Between the Acts*.

Erwähnte Werke: Mrs. Dalloway, *The Waves*, Tagebücher
Weiter-Lesen: Michael Cunningham, *The Hours*

Marcelle Sauvageot (1900–1934)

Tuberkulose, eine Bakterieninfektion, die zumeist die Lunge betrifft, war noch zu Beginn des 20. Jahrhunderts auch in Europa die endemische Krankheit schlechthin. Erst 1946 wurde mit der Entwicklung eines Antibiotikums ein wirksames Heilverfahren gefunden. Marcelle Sauvageot, Französischlehrerin an einer Pariser Knabenschule, braune Haare, schmales Gesicht, erkrankte 1926. Drei Jahre später verschlechterte eine Lungenentzündung ihren Zustand dramatisch. Ein Sanatoriumsaufenthalt Ende 1930 folgte, im Frühjahr wurde sie als geheilt entlassen, doch der Winter 1933 sah sie, schwer krank, in Davos. Dort starb sie Anfang '34.

Charles du Bos, ein damals bekannter Kritiker, nahm sich, durchaus selbstwichtig, der Briefe der Kranken aus dem Winter 1930 an. Ein literarischer Text? Ein Briefroman? Ein Lebenszeugnis, enthusiastisch und analytisch, bildarm, doch beschwörend, fiktiv und »real«. In seinem Zentrum das alte Problem: der eben noch geliebte Mann ist plötzlich nur mehr von hinten zu sehen. Rasant passieren die Gründe dafür Revue. Krankheit und Liebesbruch nehmen Sauvageot mit. Dennoch spricht sie witzig, gefühlvoll und mit Selbstironie. Das Werk, von Sauvageot *Commentaire* genannt, erschien in kleiner Auflage, wurde bald wieder vergessen. Was wohl aus dem verlorenen Liebhaber wurde?

Sauvageot: »In Korsika bin ich einmal nach einem langen Ausritt durch die Macchia auf einen offenen Weg hinausgetreten. Ich führte mein Pferd am Zügel; sein Kopf war über dem meinen, und ich verschwand fast zwischen zwei Erdbeerbäumen; vor meiner Brust hielt ich rosa Pfingstrosen. Ich hätte gewünscht, Sie wären da und könnten den Duft der Macchia-Pflanzen riechen; dann hätten Sie verstanden, was mich manchmal zum Wilden hinzieht; Sie wären einfach und wild gewesen wie ich und wir hätten uns geliebt. Ich habe mein Pferd fest umarmt und dabei die Pfingstrosen zerdrückt. Es war niemand da, der lieben konnte, was ich liebte.«

Erwähnte Werke: Sauvageots einziges: *Fast ganz die Deine*
Weiter-Lesen: Franz Kafka, Briefe an Frauen

Gertrude Stein (1874–1946)

Abgebrochenes Medizinstudium in den USA, vermögende amerikanische Familie, ab 1903 als Kunstsammlerin in Paris. Picasso, Matisse, Cézanne. 1907 lernt sie Alice B. Toklas kennen, ebenfalls Amerikanerin, die ihre Lebensgefährtin wird. Die ersten literarischen Werke erscheinen. Stein schreibt Gedichte, Theaterstücke, eine *a rose is a rose is a rose* unverkennbare Prosa, die aus den Rhythmen von Satzperioden besteht: durch wiederholende Variation bewegt sich Sprache über die Figuren, die sie erzeugt. Erfolg bringt ihr das Buch *Autobiographie von Alice B. Toklas* – es erzählt, geschrieben von Stein, aus Alices Sicht über Stein und ihre Pariser Salons; Maler und Schriftsteller gehen ein und aus. Alice, so das erzählperspektivisch verrückte Buch, kocht, näht, pflegt Gertrudes Texte und ihre notorischen Hunde. Gertrude selbst schreibt, versteht sich auf die Kunst des Handlesens, ihre Linien zeigen, dass sie mit 72 Jahren sterben wird. So kommt es. Lange davor aber sagt Gertrude als Alice über sich: »Gertrude Stein war, in ihrem Werk, immer schon besessen gewesen von der intellektuellen Leidenschaft für Genauigkeit bei der Schilderung der inneren und äußeren Realität. Sie hat eine Vereinfachung bewirkt durch diese Konzentration, und als Resultat die Zersetzung der assoziierenden Emotion in Prosa und Poesie. Sie weiß, dass Schönheit, Musik, Dekoration, das Resultat von Emotion, nie deren Ursache sein sollten, sogar Ereignisse sollten nicht die Ursache von Emotion sein noch sollten sie der Stoff sein für Poesie und Prosa. Noch sollte Emotion an sich die Ursache von Poesie oder Prosa sein. Sie sollten in einer genauen Reproduktion entweder einer äußeren oder einer inneren Realität bestehen.«

Erwähnte Werke: *The First Reader*

Weiter-Lesen: Romane von Henry James, etwa *The Portrait of a Lady*. Short Stories von Ernest Hemingway (besuchte über Jahre hinweg Steins Pariser Salon)

Ingeborg Bachmann (1926–1973)

Von ihrem Ende haben alle gehört. Eine brennende Zigarette im Bett, Mitte September 1973. Tod in einem römischen Krankenhaus fast einen Monat später, auf Grund der Brandwunden. So die verbreitetste Version. Die andere: Bachmann war tablettensüchtig. Im Krankenhaus habe man dies aus Scham verschwiegen, so dass es auf Grund einer Nichtbehandlung der Abhängigkeit zu einem toxischen Schock kam, der Bachmann das Leben kostete. Die Erben kontrollieren, was bekannt wird; zahlreiche Briefe der Autorin an Kollegen, Liebschaften, Freunde sind gesperrt. Insgesamt: traurige Geschichten und viele Gerüchte, Effekte auch einer (unserer) mediatisierten Gesellschaft und der darin zu führenden Autorenexistenz. In den 80er-Jahren wurde Bachmann von den feministischen Literaturwissenschaften entdeckt, weitere Stilisierungen von Leben und Werk folgten. Es ist bemerkenswert, wie der Autorin anhängt, was sie gern selbst betrieb, eine gewisse Schwarz-Weiß-Malerei. »Du Opfer« gilt heute als Schimpfwort; das hätte Bachmann sich wohl nie träumen lassen. Ihre Biographie und ihr Schreiben drücken ein seltsames Schwanken aus: wer kann ich sein? Umzüge, Reisen, rasch wechselnde oder komplizierte Beziehungen (u.a. zu Max Frisch). Als wäre da etwas Inneres leer. Sie dockt an Moden, Zeitströmungen, kulturelle Deutungsmuster an, scheidet bis heute die Geister. Auf den späteren Fotos ein sehr weiches (aufgeschwemmtes?) Gesicht. Dazu die tippelnde Stimme. Und immer das Moment »was ist echt, was nicht?«. Im Übrigen: Frau Dr. Bachmann. Sehr ehrgeizig, was sie aber zu verbergen suchte.

Erwähnte Werke: Erzählungen aus den Bänden *Das dreißigste Jahr* und *Simultan*

Weiter-Lesen: Max Frisch, *Montauk* (Erzählung)

Friederike Mayröcker (*1924)

Ihre Wohnung in Wien ist Legende. Ihr Schreiben ebenso: eine Verzettelung, ein Seitensturm, eine Verschmelzung, die Leben und Schreiben ununterscheidbar macht. Lange ist sie nicht umgezogen. Lange, von 1954 bis zu seinem Tod 2000, lebte sie mit dem Dichter Ernst Jandl. Mayröcker ist eine Früharbeiterin: um vier Uhr morgens geht es los. Lebensschriften: Mayröcker ver-schreibt, was sie sieht, empfindet, lebt. Gedichte, Prosa, Mischformen, Hörspiele – das umfangreichste Werk aller Schriftsteller/innen in diesem Buch. Mit 82 Jahren entwickelt sie sich noch immer, verändert, erfindet, sucht. Lange Zeit stand sie im Schatten Jandls, zudem quer zu ihrer Zeit. Auch dies scheint sich erst mit dem Alter zu ändern. Oder sollte es damit zu tun haben, dass wir uns weiterhin (s. die Bachmann-Rezeption) schwertun, mit den Werken weiblicher Dichter umzugehen: wer dürfen sie sein? Wo hören wir ihre Stimme, und wie? Mayröckers Prosa stürmt leichthin, mit großen Sprüngen, voran. Dazu gehören Selbstwitz, Ironie und eine große Freundlichkeit im Umgang mit anderen. Sie schreibt an den Konzepten Person, Identität, Erinnerung. Die Augen versteckt sie gern unter einem langen schwarzen Pony. International ist sie im Verhältnis dazu, wie wichtig ihr Werk auch für die jüngeren Schreibenden ist, zu wenig bekannt.

Erwähnte Werke: *Magische Blätter I–IV, Das Licht in der Landschaft, Lection, Abschiede, Und ich schüttelte einen Liebling,* Im Hintergrund: Gedichte aus den Bänden *Das besessene Alter, Notizen auf einem Kamel, Mein Arbeitstirol*

Weiter-Lesen: Jacques Derrida, Friedrich Hölderlin, das Tagebuch von Gerard Manley Hopkins, dazu Musik, etwa von Schubert, von Bach.

Michèle Métail (*1950)

Kommt als 22-jährige nach Wien, um über den Zusammenhang von Text und Musik in Alban Bergs »Lulu« zu schreiben, und hört, in einem kleinen Salon der Stadt, ihre erste Lesung mit einer zeitgenössischen Dichterin: Friederike Mayröcker. Daneben fließen die Donau, die deutschen und französischen Grammatiken, die »Bedeutungen« der Sprachen und ihre Melodien. Métail entdeckt ihr eigenes Leseinstrument, das Mikrofon. Wie es den Atem einfängt, das Timbre der Stimme, ihre Nuancen, ihren Fluss.

Im März 1982, nach der Beerdigung des Schriftstellers Georges Perec, Mitglied der literarischen Gruppe OULIPO (L'Ouvroir de Littérature Potentielle, Werkstatt für potentielle Literatur) in Frankreich, der auch Métail lange angehörte, stand die Dichterin vor ihrem Bücherregal, auf der Suche nach Trost. Zufällig griff sie ein Buch über die Poesie Chinas heraus. Sie verstand es als Fingerzeig: 13 Jahre lernte sie chinesisch, bis zum Doktortitel. Dass diese systematisch-bewegliche, mit Bild und Text arbeitende, erfinderische Autorin Gärten liebt, nimmt am Ende wenig wunder, sind doch auch sie hervorragende Areale von Anordnungskunst, die Formales und Lebendiges verbinden und, wie Sternchen, Tausende von Namen in verschiedensten Sprachen darüber streuen.

Erwähnte Werke: *2888 Donauverse*

Weiter-Lesen: Michèle Métail, *Gehen und schreiben. Gedächtnis-Inventar*; Georges Perec, *träume von räumen*

Antonia S. Byatt (*1936)

Dame Commander of the British Empire. In England lange bekannt als die ältere Schwester der erfolgreichen Romanautorin Margaret Drabble. Das ärgerte vermutlich – beide. Intellektuell, ehrgeizig, klug. Liebt Gedichte, schreibt aber selbst nur welche, um sie in einen Roman zu integrieren. Ein erzählerischer Geist. Die Einzige unter den Autorinnen dieses Bandes, die Kinder hat (drei Töchter, der Sohn starb als Kind bei einem Unfall). Lebt in London, stammt aber aus Nordengland, wo sie auch aufwuchs. Lernte schon als Schülerin Deutsch, trotz des 2. Weltkrieges und seiner Folgen. Wissenschaften, auch jene der Natur, ziehen Byatt an; Literatur ist für sie ein Erkenntnisinstrument, kulturelle, historische, soziologische Fragen erscheinen im Spiegel der erzählten Leben.

Das erste Byattbuch auf Deutsch wurde gedruckt, als die Autorin 1990 den Booker Prize erhalten hatte. Ihre Romane, große Gewebe, funkeln vor allem dort, wo etwas beschrieben wird: Tier, Baum oder Ding. Vielleicht nicht im realen Leben, gewiss aber als Schriftstellerin, liebt Byatt Schnecken. »Ihre Häuser waren verschiedenartig und entzückend, manche von zartem Zitronengelb, manche von dunklem Rosa, manche von grünstichigem Rußschwarz, manche mit dunklen Spiralen auf Ledergelb keck gestreift, manche mit cremeweißen Spiralen auf Rosa, manche mit einem einzigen dunklen Streifen auf goldenem Grund, manche wie Gespenster mit grauweißlichen Windungen auf Kalkweiß. [...] Ihre taubengrauen durchsichtigen Körper schimmerten von ihren eigenen Ausscheidungen, ihre zierlichen Fühler zitterten vor ihren Köpfen, kosteten die Luft, hielten bedächtig Ausschau.«

Erwähnte Werke: das Romanquartett *Die Jungfrau im Garten*, *Stilleben*, *Der Turm von Babel* und *Frauen, die pfeifen*

Weiter-Lesen: George Eliot, alle Romane.

Charles Darwin, *The Voyage of the Beagle*

LESEN

(Essays)

»Was den Mund umspielt, so lind«

*Annette von Droste-Hülshoff und das
Schleichen der Spione*

Wer in einen Spiegel schaut, sieht sein Spiegelbild. Nicht sich
selbst. Er sieht sich, wie er sich im Spiegel sieht, nie aber, wie
andere ihn sehen. Die Seiten sind vertauscht. Aus dem Spiegel blickt ihm ein zweites Selbst entgegen, eines, das allein für
ihn gemacht ist, wenn und wie er da steht und mustert und
schaut, bis er sich selbst als Muster vorkommen muss. Natürlich kann man auch zu zweit in einen Spiegel sehen, aber wie
oft tut man es – im Vergleich zum Solo-Blick ins Glas, um jenem Bild von sich zu begegnen, das kein anderer, kein einziger Mensch auf der Welt kennt als man selbst.

Wie selten hat man auf diese Weise etwas für sich.

Es ist schön, und brutal.

Beängstigend und versichernd.

Auf einem Foto sind die Seiten zurückgetauscht. Dort sehen wir uns, wie andere uns sähen, blickten sie durch eine
Kamera und das Objekt, die Fotografie selbst, kann weiter-
gegeben werden. Ganz anders die intime – und flüchtige –
Spiegelimago, gebildet aus unserer Materie, die übersetzt,
nämlich hin- und hergeworfen wird durch Licht. Das dann als
Mensch im Glas steht, lacht oder weint, ohne doch etwas anderes zu sein als Licht und sein Weg.

Kein Wunder, dass kleine Kinder lernen müssen, was ein Spiegelbild ist; kein Wunder, dass kaum eines der sogenannt anderen Tiere auf Spiegelung reagiert wie wir; kein Wunder, dass Sprache mit diesem Erkennen im Spiegel verbunden ist. Wir tragen Spiegel im Kopf – ›Spiegelneuronen‹ nennen die Hirnforscher dieser Tage jene hochspezialisierten Nerven-Cluster, die uns befähigen, das, was an und mit anderen oder durch sie geschieht, so zu erleben, als täten wir es selbst oder geschähe es an uns.

Und so lesen wir.

Texte sind Spiegel. In ihnen zeigen wir uns uns selbst so, wie kein anderer uns sieht oder von uns weiß, und begegnen uns nicht selten in Gestalten, von denen wir bislang nichts ahnten. Wir spiegeln uns nicht nur in dem, was wir lesen, sondern vor allem darin, wie wir es tun, denn das Muster oder Bild, das im Lesen entsteht, zeichnet zugleich jene Strukturen auf, in denen wir uns und unsere Welt erfahren.

> Schaust du mich an aus dem Kristall
> Mit deiner Augen Nebelball,
> Kometen gleich, die im Verbleichen;
> Mit Zügen, worin wunderlich
> Zwei Seelen wie Spione sich
> Umschleichen, ja, dann flüstre ich:
> Phantom, du bist nicht meinesgleichen!

Wer sein Spiegelbild betrachtet, betrachtet das Bild seines Ich als das jenes anderen, den jeder braucht, um überhaupt Ich sagen zu können – um jene Spaltung in Einheit zu vollziehen, die das Ich zu Subjekt und Objekt zugleich macht, eben zu einem Ich, das sich selbst zu denken vermag. Hölderlin nannte diesen Vorgang das Urteil – die Urteilung des Subjektes in Ich und Du, um Ich zu sein.

Vor dem Spiegel kommt dieses Du, gebrochen, doch leuchtend, als Bild auf den Schauenden zurück. Eben dies zeichnet Annette von Droste-Hülshoff in der ersten Strophe ihres Gedichtes *Das Spiegelbild* in die sich umschlingenden Wörter Verbleichen/Umschleichen, die sich zu einem Zusatzreim jenseits des bereits umarmenden Versschemas verbinden. Er wandert vom Ende der dritten Zeile zum Anfang der vorletzten, und tatsächlich umkreisen sich wie Spione die einander ähnlichen, angeblich Welt spiegelnden Laute. Es entsteht ein Phantom. Wörter spiegeln Welt nicht, sondern sind sie; ununterscheidbar werden Phantom und »ich« – es entsteht »wunderlich«.

Wer, wie Droste, stets am Wasser lebte, in Meersburg am Bodensee, in der westfälischen Wasserburg der Eltern, in Orten mit wellenzeichnenden Konsonantendoppelungen, ss und ee, wer, wie Droste, ein Leben lang vom Wasser nicht loskam, kommt auch von Augen nicht fort. Da umkreisen sich zwei, stumm, spähen sich aus, und aus dem Schauen folgt, wie bei einem Kind vorm Spiegel, das Sprechen, als Flüstern, an der Grenze zwischen Stimme und Schweigen, als Anrede an ein Wesen, seinerseits Grenze, genannt Phantom.

> Bist nur entschlüpft der Träume Hut,
> Zu eisen mir das warme Blut,
> Die dunkle Locke mir zu blassen;
> Und dennoch, dämmerndes Gesicht,
> Drin seltsam spielt ein Doppellicht,
> Trätest du vor, ich weiß es nicht,
> Würd' ich dich lieben oder hassen?

Traum oder Albtraum: das sich vom Ich lösende Spiegelbild.

Traum oder Albtraum oder Metapher des Schreibens.

Gedichte eignen sich im Besonderen, Spiegelbilder in dem hier gemeinten Sinn zu sein, weil sie die Spiegelung mitzeigen – sichtbar machen, dass sie Wellen werfen, dass sie Medium sind. Im Reim etwa, aber auch in jedem anderen sprachlichen Zug, der (Wiederholungs-)Muster baut, mit Lauten spielt. Sie übersetzen uns jene spiegelnden Neuronen-Cluster, mit denen wir auf Bildsuche durch unsere Welten laufen, auf Fühlens-Suche, um Verstehen bemüht, nicht der Sache wegen, sondern für uns, um zu überleben, und sie zeigen uns, wie wir uns bewegen und da-sind, mit anderen verbunden, doch allein: ein dämmriges Gesicht, seltsam bespielt von Doppellicht.

Gedichte sind Spiegelbilder in Buchstaben und im Satz-spiegel. Sie zeigen, und sprechen davon, wie sie es tun. So werden sie jene Spiegelbilder, die vom Spiegel handeln, von Sprache. Hut/Blut, blassen/hassen, Gesicht/Doppellicht/nicht – ein Spiegel, der Wellen wirft, fast flüssig, und in Bewegung setzt, uns. Etwas, dämmrig, verschwindet und tritt doch hervor. Gedichte, wässrig, nämlich medial, also etwas, das wi(e)dergibt, also verzerrt, auf den Kopf stellt, neu gliedert, werfen Wortwellen aus, in denen sie uns einfangen – erscheinen lassen. Sie machen dem Bild Platz.

> Zu deiner Stirne Herrscherthron,
> Wo die Gedanken leisten Fron
> Wie Knechte, würd' ich schüchtern blicken;
> Doch von des Auges kaltem Glast,
> Voll toten Lichts, gebrochen fast,
> Gespenstig, würd', ein scheuer Gast,
> Weit, weit ich meinen Schemel rücken.

Als ich ins Gymnasium kam, gab es plötzlich ein Fach, das »Kunst« hieß. Da stand einer mit breitem, schwarzem Bart und einem unaussprechbaren Namen, ein Lehrer, der aus Verzweiflung unterrichtete und etwas anderes hatte werden wollen, wie man an den Aufgaben merkte, die er stellte. Wir waren zehn Jahre und bekamen den Auftrag, auf das erste Blatt des ganz neuen Zeichenblockes einen – Fleck zu machen. Irgendwohin. Blau. Dann mussten wir aus dem Fleck einen Bagger malen, dazu einen Bauzaun etc. Ich hatte noch nie einen Bagger gemalt. Bagger interessierten mich nicht. Mein Bagger sah sehr komisch aus. Ich lernte etwas. Über Sehen und Erinnern, und war froh, als die Aufgabe erledigt war. Jetzt würde es besser werden, doch es wurde schlimmer. Ein Spiegel kam ins Spiel.

Und wie schön die deutsche Sprache ist, wenn sie »Spiegel« sagt und das Wort enthält »Spiel«, und jedes Gedicht, wenn ich es als Spiegel betrachte, spricht mit vom Spielen und fragt danach. Doch das nur nebenbei, als Fleck.

Wir sollten uns selbst malen, am Morgen, vor dem Spiegel, beim Zähneputzen. Wir sollten unser Spiegelbild malen, in einem Augenblick, den wir anderen nicht zeigten. Wie sieht man aus, mit Schaum vorm Mund, frisch aus dem Bett? Und ich träumte davon, Prinzessin zu sein! Zumindest war das in der Volksschule so gewesen; nun fingen meine Brüste zu wachsen an, und ich träumte davon, schön zu sein. Und dann das: ein Spiegelbild, morgens. Mit Schaum.

Immer mehr Schaum.

Jeder von uns malte sich so, dass kein anderer ihn erkannte. Das war keine Absicht, es passierte, denn so trug sich der Spiegel ins Bild. Ihn konnten wir nicht malen, mit den Kinderkünsten, aber dass wir an ihn dachten und wiedergaben, wie wir, die Kurzen, die doch erst halb in die elterlichen Spiegel ragten, seitenverkehrt aussahen, zeigte sich in unseren Bildern an uns. Der Schaum wurde immer größer, der ganze Mund und das halbe Kinn verschwanden darin, und Schaum tropfte herab, fettes Deckweiß, und wucherte über den Rest.

> Und was den Mund umspielt so lind,
> So weich und hülflos wie ein Kind,
> Das möcht' in treue Hut ich bergen;
> Und wieder, wenn er höhnend spielt,
> Wie von gespanntem Bogen zielt,
> Wenn leis' es durch die Züge wühlt,
> dann möcht' ich fliehen wie vor Schergen.

> Es ist gewiss, du bist nicht Ich,
> ein fremdes Dasein, dem ich mich
> Wie Moses nahe, unbeschuhet,
> Voll Kräfte, die mir nicht bewusst,
> Voll fremden Leides, fremder Lust;
> Gnade mir Gott, wenn in der Brust
> Mir schlummernd deine Seele ruhet!

Wir sehen mit dem Gehirn, nicht mit den Augen, und nehmen uns selbst nur in Verschiebungen unserer Sinne wahr. Der eigene Geruch: verborgen. Berührt werden oder sich selbst berühren: welch Unterschied. Die eigene Stimme: wie anders sie klingt, wenn man sie vom Band hört, also von außen, ohne das Mitschwingen der inneren Resonanz. Und: das seitenverkehrte Spiegelbild.

So schleicht man an sich selbst heran. »Unbeschuhet«. Auf leisen Sohlen. Am Anfang steht eine Definition: Du bist nicht

Ich. Auf dieser Basis kann man es wagen, sich dem Spiegelbild zu nähern, sich selbst ein Spion. Doch schon schlägt das Phantom zurück, wirft einem etwas Unsichtbares, Immaterielles in die Brust: Lust. Und Seele. Und Kraft.

Wir sprechen davon, dass wir Bilder lesen. Das Betrachten des eigenen Spiegelbildes pointiert, was dabei geschieht: lesschauend übermalt man sich selbst, mit einer Farbe, die man frisch an die Hand bekommt. Man verändert sich. Genauer: was sich verändert, ist eine Grenze, wie jene zwischen Wasser und Gesicht, die zu kennen lebenswichtig ist, nicht wahr, Narziss? Aber wer sie kennt, wird daran Freude haben, sie zu erproben. Wellenschlag darin. Veränderung des Bildes.

Ist das Betrachten des eigenen Spiegelbildes ein Lesen, so ist vielleicht auch Lesen das Betrachten des eigenen Bildes, gebrochen im Spiegel einer einst weißen, glänzenden Seite, die nun, bedruckt, das Bild stark bricht, verzerrt, in neue Ab- und Aussichten stellt?

Drostes Gedicht impliziert diese Doppelung: es selbst will gelesen werden, spricht von Gelesenem (Überliefertem – Moses wird genannt, auf Amor wird angespielt) und umkreist als Spion des Lesens und Schauens jenen wechselhaften Prozess von Einverleibung und Ausgliederung, der mit jeglicher Erkenntnis verbunden scheint. Grenzen verflüssigen sich, nun belebt sich das Gespenst. Im Spiegel steht ein Wesen, selbstgeträumt, aufgeschäumt, etwas, das sich nicht schämt, dessen Pupille ein Ball ganz eigener Art ist, Glast und Gast, denn es sieht nichts, wird aber gesehen und schaut, als sehe es – mich. In der vorletzten Strophe des Gedichtes *Das Spiegelbild* beginnt das dreimal »fremd« genannte Gegenüber ein Eigenleben zu entwickeln. Da empfindet man, schaut in den Spiegel und das Spiegelbild tut – etwas anderes als erwartet.

Leicht, so leicht, verschiebt sich die Welt, gerät, fast, aus den Fugen: was spielt da um den Mund, höhnend oder hilflos, bin ich es, die so schaut?

Der heutige Mensch muss sich Videos ansehen, die unvermeidliche Verwandten-Profis auf Hochzeiten drehen, bei Omas 80. Geburtstag, auf ihrer Beerdigung. Überall taumeln Bilder, doch erkennt man sich? Erschrickt und – lacht? Wenn ich mich dieser Tage malen müsste, dann mit Schaum, weißem Rauschen über dem ganzen Bild.

Ein Autor spiegelt sich in seinen Texten – gewiss. Nimmt man das Wort »spiegeln« in diesem Satz allerdings ernst, beginnt das Klischee, etwas zu erzählen. Denn man kann gar nicht anders, als in dem, was man schreibt, fremd, neu und vertraut – schäumend, verstellt, morgendlich verknittert, doch auch traumwach, hellwach dort also, anderswo, im Licht stehend – wahrnehm-sprechend zu erscheinen. Nicht primär im sogenannten Inhalt, gewiss aber in der Form. Mit einem Gerät im Mund, das aussieht wie das Ende eines Stiftes. So war das Schaum- und Morgenbild, das wir malten, ein Sprechbild. Von einem Augenblick, in dem wir nicht sprechen können. So schrieb-zeichneten wir und schauten auf uns, seitenverkehrt, und fragten später danach, wo Welt in uns einfließt und wie sie wieder hervorkommt, aus uns als spiegelnden und spiegelorganisierten Tieren, die sich zusätzlich zum Zellspiegel ihrer die Welt munter vom Kopf auf die Füße stellenden Gehirne den Spiegel Sprache installiert haben.

> Und dennoch fühl ich, wie verwandt,
> Zu deinen Schauern mich gebannt

Um den Spiegel Sprache zu putzen, lesen wir. Um Grenzen einzufragen: Wo fange ich an, wo höre ich auf, und was sind das für Wesen um mich, die man sieht, aber nicht greift, und jene, die man greift, aber nicht sieht. Bild, Sehnsucht, Wunsch. Drostes Gedichte sind mir dort am liebsten, wo ein Ich, das spricht, sich auflöst. Oder gar nicht da ist, nur Gras, nur ein Vogel, der kreist, mit schwarzem, spiegelndem Auge. So wandert, was beseelt sein mag, hin und her, und ›schauen‹ und ›schauern‹ tauschen ein kleines rumpeliges ›r‹.

Schauen, bereinigt, ist glattes Kristall. Doch sobald ein ›r‹ seine Oberfläche rippelt, verwandelt es sich. Zittert ein Spiegelbild, so tut es das, weil das Gespiegelte zittert oder weil das spiegelnde Medium in Bewegung gerät. Welcher dieser Gründe aber zutrifft, lässt sich, sieht man allein das Bild, nicht entscheiden. Und eben damit sind wir wieder beim Gedicht. Nämlich dort, wo das Medium Sprache durch Blick, Steinchen, Wind, etwas, was man nicht sieht oder begreift, in Bewegung versetzt ist, so dass es Wellen wirft, Kreise zieht, ein rhythmisches Geräusch macht, uns in einen Rhythmus »wie verwandt« setzt, in fremdes (Lebens-)Wasser taucht, verflossen und doch wiedergekehrt, im Glas als Licht-Materie neu gesammelt und geordnet, ähnlich wie unsere Körper als Bio-Materie ebenfalls durch Sammlung und Neuordnung bestehen, denn alles, was wir sind, war schon einmal in andere und anderes eingebaut – und da stehen wir vor dem Spiegel, stehen darin, in diesem Bad, heute, diesem Flur, jetzt, und etwas gibt uns, von innen und außen zugleich, unsere eigene Stimme zu hören:

Und Liebe muss der Furcht sich einen.
Ja, trätest aus Kristalles Rund,
Phantom, du lebend auf den Grund,
Nur leise zittern würd' ich, und
Mich dünkt – ich würde um dich weinen!

Mich dünkt. Ich weiß es nicht. Denn ich entwerfe ein Bild, wie es wäre, wenn – male eine Spiegelung in den Satz. Dünken, nicht Wissen, es bleibt dämmerig, das Auge schaut nicht mehr. Ein Spiegelbild ist nicht materiell, doch wirklich; man sieht es, jeder kann es ansehen, greifen keiner. Doch schon in der zweiten Strophe »trätest du vor, ich weiß es nicht, würd' ich dich lieben oder hassen?« begann es ein Eigenleben, das das Ich einer ganz neuen Frage aussetzte: Wie wäre es, wenn es mich ein zweites Mal gäbe? Dann wäre dieses andere Ich, das ich als ich betrachtet habe, nicht ich. Das ist klar. Das ist der einfache Aspekt. Der schwierige: wäre ich dann noch ich?

Kein Auge hilft. Der Boden schwankt, Zittern und Zuflucht, Ende des freien Willens, Beginn einer Usurpation: da ist ein anderer, phantomatischer Körper, dessen Seele in meiner Brust ruht. Ein zweites Ich, nein, ein drittes, das nicht der reale Spiegel, sondern der phantasierte entbindet. Und das Auge wird ein anderes Organ – es, der Seelen-Spiegel, schwimmt und läuft über, es weint; es, der Spiegel im Spiegel, schwimmt im Gesicht wie vorhin unter dem Schaum der Mund. So löst sich auf, was gewiss war, Sprache und Blick werden zu Schauern und Tränen, der Körper zittert, und die Aufgaben der Sinne, der Zellen, verwandeln sich ebenso wie die Grenze zwischen dem, was Seele hat und was angeblich nicht – doch wissen wir das? Nur unsere Spiegel sprechen uns etwas dazu, sprechen manchmal uns zu, sprechen uns hin an das, was uns umgibt, überantworten uns, und im Wasser einer Träne, eines Kristalls, eines Sees, eines Bodensees, treten wir endlich so auf, dass das Phantom, abgetrennt, ein Komma bekommt, und aus dem Phantom erscheint »..., du lebend auf den Grund«.

Das Spiegelbild

Schaust du mich an aus dem Kristall
Mit deiner Augen Nebelball,
Kometen gleich, die im Verbleichen;
Mit Zügen, worin wunderlich
Zwei Seelen wie Spione sich
Umschleichen, ja, dann flüstre ich:
Phantom, du bist nicht meinesgleichen!

Bist nur entschlüpft der Träume Hut,
Zu eisen mir das warme Blut,
Die dunkle Locke mir zu blassen;
Und dennoch, dämmerndes Gesicht,
Drin seltsam spielt ein Doppellicht,
Trätest du vor, ich weiß es nicht,
Würd' ich dich lieben oder hassen?

Zu deiner Stirne Herrscherthron,
Wo die Gedanken leisten Fron
Wie Knechte, würd' ich schüchtern blicken;
Doch von des Auges kaltem Glast,
Voll toten Lichts, gebrochen fast,
Gespenstig, würd', ein scheuer Gast,
Weit, weit ich meinen Schemel rücken.

Und was den Mund umspielt so lind,
So weich und hülflos wie ein Kind,
Das möcht' in treue Hut ich bergen;
Und wieder, wenn er höhnend spielt,
Wie von gespanntem Bogen zielt,
Wenn leis' es durch die Züge wühlt,
dann möcht' ich fliehen wie vor Schergen.

Es ist gewiss, du bist nicht Ich,
ein fremdes Dasein, dem ich mich
Wie Moses nahe, unbeschuhet,
Voll Kräfte, die mir nicht bewusst,
Voll fremden Leides, fremder Lust;
Gnade mir Gott, wenn in der Brust
Mir schlummernd deine Seele ruhet!

Und dennoch fühl ich, wie verwandt,
Zu deinen Schauern mich gebannt,
Und Liebe muss der Furcht sich einen.
Ja, trätest aus Kristalles Rund,
Phantom, du lebend auf den Grund,
Nur leise zittern würd' ich, und
Mich dünkt – ich würde um dich weinen!

»Und Liebe muss der Furcht sich einen.«

Die Wörter »Lust, Brust, ruhet« aus der vorletzten Strophe klingen nach in diesem »muss«: Furcht und Liebe werden nun selbst als Spiegelbilder zueinandergefügt. Doch wer eint/ vereint (einigt?) sich da mit wem? Das Verb »sich einen« lässt dies schwebend-offen, indem es weder über Aktiv noch Passiv entscheidet; der Konjunktiv der letzten beiden Verszeilen zieht das Ende des Gedichtes noch weiter hinauf »in die Luft«, ins Phantasierte, allein durch Gedanken und ihre Bilder Belebte.

So wird das Gedicht selbst zum Glas: Wirklichkeit erscheint in ihm exakt als an sich selbst (wie von einem Lichtstrahl) abgelesen und verwandelt, »gebrochen fast«.

Erstellt, erfunden, lebendig, in Farbe, eigensinnig und eigenlebig vorhanden.

Ein Komet.

So spricht das Gedicht davon, wie man sich sieht.

So spricht es vom Lieben und Zittern, vom Erschrecken und Sehnen, vom Dichten: jenem sprachlichen Spiegeln mit einer Linse, einem jahrtausendelang immer wieder geschliffenen Glas, das bündelt, das Feuer entzündet, hie und da, lebendig zu uns hin, lebendig auf uns zurück.

Madame Bovary, c'est moi

Gustave Flaubert versucht die Lektüre der Frauen

Flauberts Papagei heißt Julian Barnes' wunderbarer Biographie-roman über das französische Sitten-, Provinz- und Frauen-schreibgenie, verfasst von einem akribischen, wenn auch etwas melancholischen britischen Arzt. Dieser fiktive Fan der wirklichen Welt eines bereits sehr toten Autors entdeckt in Rouen zwar ein taubenverdrecktes Denkmal Flauberts, ansonsten jedoch fast nichts. Das Haus in Croisset ist längst abgerissen, allein im Hotel-Dieu, jenem Hospital, in dem Vater Flaubert als Chirurg arbeitete und der hübsche blonde Gustave, einziger überlebender Sohn, aufwuchs, finden sich endlich einige Memorabilia. Gemälde zeigen, wie das Objekt der Begierde mit 29 Jahren fast alle Haare verlor, unansehnlich und dick wurde (Syphilis? Normaler Alterungsprozess im 19. Jahrhundert?), zudem sind Zeitungsartikel des jungen sowie das Tabakgefäß des alt gewordenen Autors ausgestellt. Endlich stößt der frisch verwitwete, selbst also durchaus liebesgeschädigte Brite, der keine Mühen scheut, im untersten Fach einer Vitrine, sozusagen als Bückware, auf einen Papagei. Er soll Flauberts Erzählung *Un Cœur Simple* inspiriert haben, sprich, jener ausgestopfte Feder- und Mottenbalg sein, den der französische Autor auslieh, um ihn während des Schreibens zu betrachten. Schon das ist reizvoll: der Verfasser schrieb seinen lebenden, wenn auch fiktiven Papagei nach dem Bild eines ausgestopften, bis er das Tier nach drei Wochen nicht mehr ertrug. So weit, so wunderbar, auch für Barnes' Hauptfigur, säße da nicht, so unerwartet wie infam, in Flauberts Pavillon zu Croisset ein zweites ausgestopftes Wesen der Gattung Ara, grün wie das erste. Auch dieser Papagei will, natürlich, das Original gewesen sein.

Das ist von Julian Barnes doppelt schlau erdacht: als Bild für jenen, der den Spuren eines Autors als biographischer Person nachjagt, sowie als Zeichen für den Schriftsteller selbst, der spricht, wie er andere hört, der Stimmen gibt und doch zugleich seiner Sprache misstraut, der, wie Flaubert, mit der Frage nach Original und Kopie spielt und dabei den munteren Wechsel ihm nahekommender Frauen durchaus zu schätzen weiß. Apropos Nähe: eben in Bezug darauf folgt dem beiden Geschlechtern nicht abgeneigten, angeblich hünenhaften Gustave (Barnes: er war 1,80 m) ein Satz, von dem sich unschwer sagen lässt, er sei so real wie Papagei 1 und Papagei 2 zusammen genommen – sein eigener, berühmter Ausspruch, der von jeher die Bewunderung auch all jener erregte, die nichts anderes lasen als ihn: »Madame Bovary, c'est moi«.

Das ist griffig und klar und erfreute heute das Herz jeder Marketing-Agentur. Doch kaum spricht man die Behauptung laut, zeigt sich wieder einmal: die Kursivsetzung zweier Worte lässt sich nur schlecht artikulieren. Denn was sagte Flaubert? Hieß es nicht vielleicht doch »*Madame Bovary*, das bin ich?«. Also: Ich bin mein Roman? Das wäre zwar etwas bedenklich (Autor hält sich für sein Produkt – déformation professionelle oder tiefere Einsicht?), doch viel spektakulärer ist es natürlich, den Autor sagen zu lassen: diese junge, hübsche, lustvolle Frau, c'est moi. Denn mir ist, offenen Auges, gelungen, was Teiresias, Seher der Griechen, mit Blindheit bezahlte: ich bin hinübergerutscht ins andere Geschlecht.

Das kleine Karussell der Projektion

Kaum war *Madame Bovary* 1857 veröffentlicht, wurden Roman und Autor wegen Verstoßes gegen die guten Sitten vor Gericht gebracht. Zugleich stieg die Anzahl begeisterter Briefe an Flaubert, in denen Leserinnen seine Einfühlung in die Frauenseele priesen. Dieses Lob allerdings ist mit Vorsicht zu genießen. Zum einen gibt es viele gute Gründe, aus denen Frauen erfolgreichen, allemal erfolgreich sittenlosen Autoren glühende Briefe senden. Flaubert behauptete sogleich, er sei eine Echse, die ihr Leben damit verbringe, sich in der Sonne der Schönheit zu wärmen. Diese durchaus auch weibliche Schönheit entstand zu seinen Schreibzeiten jedoch noch immer fast exklusiv durch virilen Sonnenschein: Lichtwurf und Wärmeinfusion aus männlicher Feder. Frauen damals (und jetzt?) waren daran gewöhnt, vom anderen Geschlecht geschrieben zu werden; männliche Texte zeigten ihnen, wie »Weibliches« »innen« war. So konnten sie sich natürlich auch in Emma wiederfinden, obwohl – für heutige Leser geradezu überdeutlich – die Erzählinstanz vielfache Ironiesignale setzt. Sie erkannten Emmas Langeweile, ihre Gefühle (gerade, weil sie so konventionell sind?), ihr (ebenso konventionelles) Reagieren, ihre Eitelkeit, aber auch ihre Verzweiflung. Denn jenseits der Provinzsitten, die Flaubert ebenso lächerlich macht wie Emmas Vorliebe für romantische Klischees, die sie schlechter Literatur entnimmt, zeichnet der Roman auch das Bild einer halb selbst, halb fremd verschuldeten Unmündigkeit. Kants Definition der Aufklärung als Ausgang des Menschen aus derartiger Unmündigkeit ist damals bereits gute 70 Jahre alt; in Flauberts Roman sieht man, wie, wo und für wen der Appell nicht gelten sollte.

Der Satz »Madame Bovary, c'est moi?« ist wunderbar vielsinnig. In jeder seiner möglichen Bedeutungen bezieht er sich auf das Lesen schöner Frauen: in seiner Klischiertheit, in seiner Spiegelung um ein »c'est«, in seinem papageienhaften Schillern, in der Suche nach Sprache, das er hören lässt, und nicht zuletzt darin, wie er über seinen Autor spricht. Denn »Madame Bovary, das bin ich« ist auch ein Satz, an dem man ablesen kann, wie das eigene Nachleben über einen Autor hinwegflutet. Hier trennen sich die biographische Figur G.F. und der Schriftsteller: egal, was der historische Flaubert wirklich sagte – wenn eine Mehrheit daran glauben will, wird auch Nichtgesagtes zum Bestandteil einer Autorenfigur. Schwarz auf weiß setzte den Satz übrigens Flauberts erster Biograph in die Welt: er bekannte 1909, fast 30 Jahre nach Flauberts Tod, dass er jemanden gekannt hatte, der jemanden gekannt hatte, der – den Papagei entlieh, also Flaubert diesen Satz sagen gehört haben wollte.

Vielleicht.

Vielleicht aber auch nicht.

Das Schöne daran: jede dieser Versionen ist richtig. Denn Monsieur Flaubert war nicht Madame Bovary, sondern der Autor des so betitelten Romans, als der er *Madame Bovary* werden wollte und musste, nämlich seine Protagonistin – und alles andere in diesem Roman. Ebendies erfuhr Flaubert im schwierigen Schreibprozess der *Madame* mit besonderer Nachdrücklichkeit, denn der Roman ging ihm gegen den

44

Strich. Eine Ahnung davor, wie sehr, vermitteln seine zahlreichen Briefe an die Geliebte Louise Colet.[1]

Louise: eine über Jahre hinweg aufrechterhaltene, humpelnd schmerzvolle Affäre.[2] Man traf sich auf halbem Weg zwischen Croisset und Paris, Flaubert musste dafür mit der ihm verhassten Eisenbahn fahren. Colet wollte mehr Nähe, er weniger; es gab Streit, man sah sich, doch, wieder, das Feuer flackerte auf. Nicht selten freilich machen Flauberts Briefe den Eindruck, ganz wie die seines Zeitgenossen Rousseau und seines späteren Kollegen Kafka, dass dem Autor das weibliche Gegenüber als Schreibziel am allerliebsten war. Sie übrigens, selbst eine namhafte Schriftstellerin, hob all seine Briefe auf, die ihren hingegen gingen, bei ihm, zur Gänze verloren.

Bleikugeln oder »das rechte Wort«

> Schlimme Woche. Die Arbeit kam nicht vom Fleck; ich war an einem Punkt angelangt, an dem ich nicht mehr weiter wusste. Alles Nuancen und Finessen, wo ich selbst nichts mehr begriff, und es ist sehr schwierig, mit Worten sichtbar zu machen, was im eigenen Denken noch im dunklen liegt.[3]

Er mühte sich um den klaren dreiteiligen Bau des Romans, suchte einen kalten, trockenen Ton, schrieb wie einer, der mit Bleikugeln an den Fingern Klavier spielt. »Was meine *Bovary* mich ärgert! Nie in meinem Leben habe ich etwas Schwierigeres geschrieben als das «[4] Das Ergebnis aber lohnte die Mühe: eine wohlklingende, Wort um Wort bewusst gebaute

Prosa, deren besondere Stärke sich in der Beschreibung von Figuren und deren Umgebung ebenso entfaltet wie in der Schilderung von – »nichts«. Eben dieses »nichts« zog Flaubert zunehmend an[5]; hier kommt Sprache aufs Intensivste zum Tragen. Immer wieder manövriert Emma, Liebende, Leidtragende, ihr Leben in Sackgassen, Handlungs-»Lagunen« entstehen (flaches, geradezu seichtes Wasser, lauwarm, keine Bewegung). Eine Liebschaft ist vorüber, eine Illusion zerbricht. Flaubert lässt uns ein schreckensvolles Stocken fühlen, er versteht es, Emma, ihren Geliebten Rodolphe oder auch Ehemann Charles so zu positionieren, dass das Innenleben der Person in ihrer Umgebung wie ein bestimmtes, darin fallendes Licht, sichtbar wird. Dinge und Figur gehen das eine im anderen auf, ohne dass eine Seite bevorzugt würde – gerade im Undramatischen, Langweiligen, Traurigen, im Warten und Bangen wird ihr Wechselspiel ausdrucksvoll. Und der Effekt? Dank akribischer wörtlicher Sorgfalt und vielfacher Überarbeitungen entsteht größte Lebendigkeit auf kleinem Raum.

> Ich bin am Boden. Das Hirn tanzt mir im Schädel. Ich habe soeben, angefangen von gestern zehn Uhr abends bis jetzt, 77 Seiten hintereinander noch einmal kopiert, aus denen nicht mehr als 53 geworden sind. Das ist geisttötend. Ich habe mein Wirbelgezweig um den Hals [...], gerädert vom stundenlang geneigten Kopf. Wie viele Wortwiederholungen ich gerade entdeckt habe! Wieviele *alles, aber, denn, indessen*! Das ist das Teuflische an der Prosa, sie ist nie fertig.[6]

Abgesehen davon, dass Flaubert es sich leisten konnte, drei Tage auf dem Diwan zu liegen, um das rechte Wort zu finden – ein Aspekt, der zwar nicht ausschlaggebend, aber durchaus relevant ist –, setzt hier ein, was wir bei Virginia Woolf wiederfinden: Prosa und Poesie nähern sich einander an. Flaubert: »Ein guter Prosasatz muss wie ein guter Vers *unveränderlich* sein, ebenso rhythmisch, ebenso klangvoll.«[7]

Madame Bovary, c'est moi.

Auch falls er diese Worte nicht gesagt haben sollte, er machte Ernst mit ihnen. Am 23. Dezember 1853, an Colet:

> »Ich muss dich wohl lieben, dass ich Dir heute abend schreibe, denn ich bin *völlig fertig*. Mir sitzt ein Eisenhelm auf dem Schädel. Seit 2 Uhr nachmittag schreibe ich an der *Bovary* (ungefähr 25 Minuten für das Diner ausgenommen). Ich bin bei ihrer Vögelei, in vollem Schwange, mittendrin. Man schwitzt und hat eine zugeschnürte Kehle. [...]. Als ich vorhin das Wort *Nervenanfall* schrieb, war ich so in Fahrt, ich habe so laut gebrüllt, ich habe so tief gefühlt, was meine kleine Frau empfand, dass ich selber Angst hatte, einen zu bekommen. [...] das Schreiben ist eine köstliche Angelegenheit! nicht mehr man *selber* sein, sondern kreisen in der ganzen Schöpfung, von der man spricht. Heute zum Beispiel bin ich, als Mann und Frau, Liebhaber und Mätresse zugleich, ausgeritten in einen Wald, an einem Herbstnachmittag, unter gelben Blättern, und ich war die Pferde, die Blätter, der Wind, die Worte, die sie sich sagten, und die rote Sonne, die ihnen fast die von Liebe trunkenen Lider schloss.[8]

»Meine kleine Frau«.

Natürlich war er Madame Bovary. Zumindest immer wieder. Ihr qualvoller Tod quälte ihn. Man mag die nachträglichen Selbstdarstellungen von Autoren prinzipiell für Inszenierungen halten; doch lohnt es sich darüber nachzudenken, dass Flaubert vielleicht wirklich übel wurde, als er über das Gift in Emmas Körper schrieb, dass sie würgte, wie er, Emma, die sterbend Tinte schmeckte – die er doch schmeckte, während sie-er zu schwitzen begannen.

Darin zeigt sich etwas vom Geheimnis des Schreibens: es gibt dieses Ich-Sein *und* der Andere-werden eben doch, diese höllische Verbundenheit, die etwas an sich hat vom Noch-Kind (ausgerichtet auf einen anderen, von dem man abhängig ist, den man zu erraten, zu finden sucht). Dieses selbst Im-Geschriebenen-Sein als Licht und Blatt, Waldboden, Duft, ein Zügel, der nachgibt, das Streifen des Kleides, die Haut darin.

Schöne Frauen schreiben? Wer das will, muss schöne Frauen lesen. Wie also sieht Flaubert sie? Wie liest er? Wie führt er uns ein in die Welt seiner *Madame Bovary*?

Denn eines lässt sich mit Sicherheit für uns, die Lesenden sagen: *Madame Bovary, c'est nous.* Sie ist, wie sie in unseren Seelen, Leben, Gehirnen – in unserem Gemüt – beim Lesen wiederersteht.

Die Kappe

Flaubert, der alte Fuchs, beginnt seinen Roman mit eben solch einem *nous.* »Wir waren beim Lernen« lautet der erste Satz jener *Madame*, bei der man am Ende vergessen hat, von wem sie erzählt wurde. Da ist Lernen wohl angesagt, und so geht es los: Wir, vertrauensselige Leser des Titels, erwarten eine hübsche Protagonistin. Stattdessen werden uns pubertierende

Knaben und zwei vertrocknete Männlein vorgesetzt. Kaum besser das Ende des Romans: Apothekermännchen Homais prunkt mit dem Kreuz der Ehrenlegion, während alle drei Madames Bovary verschwunden sind, was uns durchaus mitgenommen hat.

Drei Madames statt einer?

Da wundert es wenig, dass bereits der erste Satz grundsätzlich in die Irre führt. Im Hinblick auf die Romanhandlung versetzt er uns in den Schulraum, den Charles Bovary, tollpatschig, brav, soeben betritt. Im Hinblick auf uns aber, die Leser, konstatiert er frech: am Lernen seid jetzt ihr! Französisch klingt das noch schöner, nämlich »Nous étions à l'Etude«, also wir waren, was die Schulstunde angeht, in jenem Teil, der ÜBUNG heißt, ja, wir übten uns, als der »Direktor eintrat, hinter ihm ein Neuer«. Und schon sind wir, mit Bovary, der uns zu Emma führen wird, »à l'Etude« im Lesen geschickt.

Armer Charles. Noch Stunden später dreht er, 15 Jahre alt, Haare kurz wie ein Dorfkantor, derbes Schuhwerk, sehr verlegen, seine Mütze auf den Knien.

> Es war eine Mischung aus den verschiedenartigsten Kopfbedeckungen, in der man wesentliche Bestandteile der Pelzmütze, der Tschapka, des Filzhutes, der Fischotterkappe und der Zipfelmütze wiederfand, kurz, eins jener armseligen Dinger, deren stumme Scheußlichkeit Ausdruckstiefen hat wie das Gesicht eines Blödsinnigen. Sie war eiförmig und durch Fischbeinstäbe aufgebauscht: Erst kamen drei ringförmige Wülste, dann, durch eine rote Borte voneinander getrennt, abwechselnd rautenförmige Flicken aus Samt und Kaninchenfell, darauf eine

Art Beutel, der in einem mit verzwickter Litzenstickerei bedeckten Vieleck aus Pappe endete, und daran hing an einer zu dünnen Kordel eine eichelförmige Quaste aus Goldfäden herab.[9]

Welch Gebilde! Flaubert macht sich einen Spaß, indem er im Rückgriff auf die prachtvollen Ritterbeschreibungen der französischen Artus- und Antikenepen heldischen Glanz auf den Kappenkopf stellt. Der Spaß wäre allerdings nur halb so schön, funktionierte er nicht auf verschiedenen Ebenen zugleich. Zunächst erzählt die Mütze von Charles, ihrem Träger. Nicht, dass er das Gesicht eines Blödsinnigen hätte, allein, die Kappenbeschreibung stellt eine Verbindung her. Blödsinnig benimmt Charles sich nun wirklich, zumindest in der Klasse – und auch später noch? Und immer wieder? Doch falls ja, dann »blöde« in welchem Sinn? Oder wird er nur von den anderen so gesehen? Schon jetzt, noch getarnt von einer grotesken Kappe, scheint eine der Zentralfragen des gesamten Romans auf. Bei der ersten Lektüre überliest man sie, bei der zweiten gackert sie hervor wie eine Henne, die sich soeben, aufgeregt, aus einer Dornenhecke befreit.[10]

Zunächst ist es leicht, Charles zu verlachen; die Klassenkameraden (»nous«) spotten prompt, doch bekommt es ihnen schlecht. Flaubert, gewaschen mit allen Wassern erzählerischer Kunst, macht kurzen Prozess und schiebt eine Charles-Biographie zwischen: Familie Bovary (der Großvater mütterlicherseits war Mützenmacher), Ausbildung des Sprösslings, Einlieferung in die Schule in Rouen, und schon löst das *nous* des Anfanges sich auf mit dem lakonischen Satz »Keinem von uns wäre es möglich, sich heute noch irgendwie an ihn zu erinnern«.[11]

Das sitzt. Das eben erst hergestellte, das Erzählen begründende »nous« ist mit einem Strich desavouiert. Flaubert führt eine traditionelle narrative Situation ein, in der die Augenzeugenschaft des Erzählers das Erzählte beglaubigt, zerstört sie gleich wieder und erzählt, welche Chuzpe, weiter, als wäre nichts gewesen: »Keinem von uns wäre es möglich, sich heute noch irgendwie an ihn zu erinnern. Er war ein nicht sehr temperamentvoller Junge ...« Und wir, die Leser, nehmen das nicht nur hin, sondern freuen uns, dass es noch im selben Atemzug weitergeht mit dem doch so unerinnerbaren Charles.

Schon sind wir bei seinem Studium, der Ehe seiner Eltern, dem Medizinexamen, und noch bevor Kapitel zwei beginnt, ist die 45-jährige pickelige Madame Dubus, Witwe eines Gerichtsvollziehers, mit Charles verheiratet und somit die zweite Madame Bovary – die erste war und bleibt seine Mutter. Natürlich suchte sie die Braut aus; Nummer zwei entsteht nur dank Nummer eins. Sohn Flaubert, der mit Mutter und Nichte in Croisset lebte, wusste gewiss, wovon er sprach. Und wir wissen es ebenfalls: mit der Heirat wird Charles schon wieder ein Hut aufgesetzt genauer eine Haube, unter die ihn seine Mutter bringt. Er versteht nur teilweise, was geschieht, Betrug ist zudem im Spiel, zumindest finanziell – um Geld geht es häufig bei *Madame Bovary,* auch in Charles' beiden Ehen, an deren Ende es jeweils, schmerzlich, fehlt. So spiegelt sich schon jetzt im ersten Handlungsdurchgang mehrfach, was noch geschehen wird. Denn während die zweite Madame Bovary ihren Mann wirklich liebt, ist er mit seinen Gefühlen anderswo, und ihre Liebe wird zur Qual für sie.

Nun, da Charles unter einer zweiten Kappe steckt, lohnt es sich, die erste noch einmal anzusehen. Ein Lehrer bezeichnet den unsäglichen Mischhut als Helm, was der Erzähler sogleich als »geistreich« lobt. Das ist böse und hintersinnig zugleich, denn tatsächlich erzählt die Kappe von einem Kampf ganz eigener Art. Ihre Eiform verdankt sich Fischbeinstäben, Fischbein hält die Korsette der Frauen, eine eichelförmige Kordel hängt vom Mützeneck. Darüber, wie prüde das 19. Jahrhundert war, mag man beim Lesen der Passage amüsiert noch einmal nachdenken. Doch nicht nur Sexualität wird hier ins Bild gesetzt, sondern, präziser noch, eben auch jene Nach-Außen-Bauschung von Intimem, die im Roman dreifach folgt: in der Geschichte des doppelten Ehebruchs der Emma Bovary, in dem damit verbundenen finanziellen Ruin, in Emmas schmerzlichem, so sichtbaren Sterben. Im fünften Absatz des Romans überliest man diese Hinweise, doch Flaubert legt sie nun bereits im Leser ab, auf dass sie sich zu einem späteren Zeitpunkt in dessen Phantasie entwickeln. Marcel Proust wurde Jahrzehnte nach Flaubert für seine Romanstudien zum Gedächtnis berühmt; bei ihm ist die bewusste oder unwillkürliche Memoria explizites Thema; eigentlich aber ist all dies schon bei Flaubert vorhanden, angewandt allerdings auf den Lesevorgang selbst.

Künste des Übergangs

Ja, ich habe etwas unterschlagen. Die Mütze ist real und Symbol. Sie verweist zum einen auf Charles' Zukunft, zum anderen aber, als poetologische Metapher, auf den Roman selbst. Auch er besteht aus allem und nichts, aus aberwitzigen Fischbeinstülpungskonstruktionen, aus phantastischen Übergängen, ganz wie die Mütze ein »Vieleck aus Pappe«, das sich schreibt. Drei ringförmige Wülste, drei Madames Bovary, drei

Romanteile: Samt, Kaninchenfell und verzwickte Stickerei, dazu Geldgier, Ruhmsucht, Verirrung, Betrug, bunt gemischt, gekonnt aneinandergenäht.

Diese Kappe des Schülers Bovary, ein scheinbar willkürlich gefügter Schichtkuchen, ist mit der zitierten Passage noch nicht zu Ende beschrieben. Es fehlt der letzte Satz, ein kurzes und bündiges: »Elle était neuve; la visière brillait.«[12]

Das französische ›visière‹ (Schirm) betont bereits im Wort, dass es nun um Blicke geht. Eben jener Teil, der die Augen des Kappenträgers schützt und ihm ermöglicht zu sehen, ohne direkt selbst gesehen zu werden, glänzt besonders neu. So wird im Blitz eines Satzes auch der Ort des Beobachters ausgestellt – unser Ort. Wir sind, als schattige Betrachter, in etwas Neues geraten, bei dem es sich lohnt, jedem Detail zu folgen, bis hinein in die Orthographie. Denn nicht zufällig ist soeben auch jenes Zeichen erschienen, das Flaubert besonders raffiniert einzusetzen weiß: der Strichpunkt: »Elle était neuve; la visière brillait.«

Angesichts der Kürze des Satzes ist offenkundig, dass die orthographische Trennung nicht nötig ist, um Komplexität zu reduzieren. Im Gegenteil. Das Semikolon betont die nach der Beschreibungskaskade plötzlich eingeleitete sprachliche Entschleunigung. Strichpunktsätze weisen bei Flaubert gern auf thematische Knäuel (dieses hier heißt ›Glanz‹ – was, wie, wo, warum und für wen in diesem Buch glänzt, füllte mühelos eine eigene Studie); es geht um Verflechtung. Kein Wunder, dass ein Autor, der seinen Roman mit extravagantem Nähwerk einführte, nun in Fäden weiterdenkt, Schlingen knüpft, damit spielt und darüber stolpern lässt.

Gemeinhin lesen wir Handlung, Bild, Laut, Gefühl. Hier aber wird die Szenenmatrix des Textes selbst lesbar. Aus dem bereits Gesagten lässt sich mit fast mechanischer (erschreckender?) Konsequenz ableiten: die Madame Bovary der Zukunft, Madame Nummer drei, wird mit einer Dreiheit und Nähwerk verbunden vor unseren Augen erscheinen. Und für uns alle, à l'étude, ergibt sich die Frage, wie sehr das, was wir als schön und folgerichtig empfinden, auf variierender Wiederholung beruht. Achtet man darauf, sieht man manchmal, wie ein Stück Text sich aus einem inneren Ordnungssystem selbst fortschreibt, und begreift etwas vom Kern von Literatur.

Romankapitel zwei: Mitten in der Nacht wird Charles aus dem Bett geholt. Ein Bauer auf einem sechs Wegstunden entfernten Hof hat sich das Bein gebrochen. Charles packt, seine Frau fürchtet um ihn, sie ist hässlich und liebt ihren Gatten. Dem allerdings ist gerade Letzteres reichlich egal, er träumt auf seinem Pferd, bis es scheut – endlich ist der Hof des Verletzten erreicht, Charles, Held der Kappe, des Sehens und Nichtsehens, reitet ein. »Eine junge Frau in einem blauen, mit drei Volants besetzten Merinobaumwollkleid kam auf die Schwelle des Hauses, um Monsieur Bovary zu empfangen, den sie in die Küche eintreten ließ, wo ein großes Feuer loderte.«[13]

Charles hat Glück, einen leichteren Fall als Bauer Rouaults glatten Bruch hätte er sich nicht wünschen können. Er verbindet, die Magd zerreißt Tücher, während Mademoiselle Emma kleine Polster zu nähen versucht.

> Da sie lange brauchte, ehe sie ihr Nähkästchen fand, wurde ihr Vater ungeduldig; sie antwortete nicht darauf; aber beim Nähen stach sie sich dauernd in die Finger, die sie dann zum Munde führte, um an ihnen zu saugen.[14]

Wie erwartet hantiert Emma mit Nadel und Faden, tut dies aber in einem besonderen Kontext: sie fertigt Wundpolster. Das Fräulein ist ungeschickt, sticht sich, saugt an den Fingern – ein paar Worte Flauberts, und schon glänzt nach den Flammen am Kücheneingang ein erotisches Feuerchen auf. Eben damit geht es weiter, zum ersten Mal im Text wechselt der Blick. Nun, erst nun, sehen wir direkt mit Charles, es ist, als bekomme er Augen nur, weil Emma erschienen ist.[15]

Sofort unterlegt Flaubert zudem seine Kunst der Überleitung mit einer Sprachkunst, die Dinge in besonderer Weise in Szene setzt. Obwohl Bauer Rouault längst genesen ist, besucht Charles den Hof weiterhin. Emma sitzt in der Küche und – man glaubt es lächelnd – näht. Es ist heiß, sie bietet eine Erfrischung an, nimmt selbst:

> Mit zurückgelegtem Kopf, gespitzten Lippen und gestrafftem Hals lachte sie, weil sie nichts spürte, während ihre Zungenspitze, die sich zwischen den feinen Zähnen hindurchschob, in raschen kleinen Stößen den Boden des Glases ableckte.
>
> Sie setzte sich wieder und nahm von neuem ihre Handarbeit auf, einen weißen Baumwollstrumpf, den sie stopfte. Sie arbeitete mit gesenkter Stirn; sie sprach nicht. Charles auch nicht. Der Luftzug, der unter der Tür hindurchstrich, trieb ein wenig Staub über die Steinfliesen; Charles schaute zu, wie er dahinkroch, und er hörte nur das Hämmern in seinen Schläfen, dazu in der Ferne das Gackern eines Huhns, das irgendwo auf einem Hof ein Ei gelegt hatte.[16]

Fliesen, Staub, Luft – Huhn und Ei. Das Erzählte wirkt dicht, weil Dinge und innere Figurenentwicklung ineinander spiegeln, selbst wenn nach einer kleinen Szene (trinken) gar nichts mehr geschehen will. Alles, was heute *action* heißt, erlahmt an dieser Stelle im Roman, doch Sprache schiebt das Geschehen weiter, schiebt es in uns hinein. In stetem Wechsel von Impuls und Stockung (was tun die beiden da eigentlich? warum sprechen sie nicht miteinander? versteht er ihre Zeichen? sind es Zeichen?) macht sie uns mit den und für die Figuren nervös. Charles schaut, Emma näht, schleckt am Boden des Glases – und näht erneut. Hunderte von Seiten später leckt ihre Zunge mit der gleichen Bewegung das dem Apotheker entwendete Giftpulver aus ihrer flachen Hand.[17] Doch noch passiert – fast – nichts.

Verlockendes »Nichts«

Gerochenes, Gehörtes, Gesehenes: es sind diese »kleinen Dinge«, die die Geschichte der *Bovary* ausmachen. Immer wieder reitet Charles zu Emma, bei der Hochzeit jedoch geht man zu Fuß.[18] Damit kommen, nach gut 40 Seiten Text, endlich auch wir an bei Madame Bovary; auch sie musste erst, wie einst die Kappe, hergestellt werden. Heirat näht eine Identität an; nun ist das Fräulein Rouault »Bovary«, »Bovary« muss es bleiben, doch schnell beginnt die Naht zu schmerzen. Das junge Ehepaar lebt in Tostes, Charles arbeitet und ist überglücklich, seine Frau aber langweilt sich. Gesellschaft leistet ihr die Hündin Djali, meist ist sie angebunden (wie die Herrin auch?). Die einsame Emma wird »schwierig und launisch«, dann krank, schließlich findet Charles einen anderen Arztposten in einem Dorf, acht Meilen vor Rouen. Nun wird weder geritten noch gelaufen, nun fährt man, zum ersten Mal im Roman, mit der Kutsche. Djali entwischt während der Reise, Emma gibt Charles die Schuld daran, ihr gegenüber sitzt Monsieur Lheureux, Stoffhändler, Jahre später wesentlicher Mitbetreiber ihres finanziellen Ruins. Er versucht, die neue Madame mit billigen Hundegeschichten zu trösten, sie aber friert und läuft sogleich nach der Ankunft in die Küche des Gasthauses, hebt das Kleid bis zum Knie und streckt einen ihrer fein bestiefelten Füße der Kaminflamme entgegen.

> Das Feuer beleuchtete ihre ganze Gestalt, drang mit grellem Licht durch das Gewebe ihres Kleides, die ebenmäßigen Poren ihrer weißen Haut und selbst durch die Augenlider, mit denen sie hin und wieder blinzelte.[19]

Apotheker Homais sitzt ebenfalls schon dabei, schon steht im Speicher seines Hauses das blaue Glasgefäß mit dem Gift, das Emma nehmen wird, doch der Blick, der soeben auf sie fiel, durch das Gewebe ihres Kleides hindurch, gehörte Léon Dupuis, Schreiber und erstes Ablenkungs- sprich Liebesziel der sehnsüchtigen Madame in Yonville. Mit seinen begehrenden Männeraugen schauen wir auf sie; der Satz »Madame Bovary, c'est moi« entwickelt sich: er gilt auch für uns – auch wir werden Figur um Figur.

Doch noch immer »passiert« (fast) nichts. Emma schwärmt für Léon, er erwidert ihre Gefühle, sie ist schüchtern, er ebenfalls, als er mit seiner Liebe nicht vorankommt, zieht er nach Rouen.

Der nächste Tag war für Emma ein Trauertag. Alles schien ihr in einen schwarzen Dunstschleier gehüllt, der undeutlich über dem Äußeren der Dinge schwamm, und der Kummer verfing sich mit einem leisen Heulen in ihrer Seele, wie es der Winterwind in verlassenen Schlössern tut. Es war jene Träumerei, in die man über das versinkt, was nicht wiederkehrt, die Müdigkeit, die uns nach jeder vollendeten Tatsache überkommt, jener Schmerz schließlich, den die Unterbrechung jeder gewohnten Bewegung, das plötzliche Aufhören eines lang anhaltenden Vibrierens mit sich bringt. [...]

Léon erschien wieder größer, schöner, anmutiger, undeutlicher; obgleich er von ihr getrennt war, hatte er sie nicht verlassen, er war da, und die Wände des Hauses schienen seinen Schatten zu bewahren. Sie konnte ihren Blick nicht von diesem Teppich lösen, über den er geschritten war, von diesen leeren Möbeln, auf denen er gesessen hatte. Der Fluss strömte noch immer und trieb langsam seine kleinen Wellen an der glatten Uferböschung entlang.[20]

Nichterfüllung, das Nichtleben von Möglichkeiten kennzeichnet Emmas Alltag. Um dies auf spannende, mitfühlbare Weise zu schildern, braucht Flaubert erneut seine Kunst der belebten Dinge. Wind, Luft und Schloss, ein Heulen – wieder entfaltet sich das Bild nicht neben der Figur, sondern, sie begleitend, als ihr aktiver Spiegel. Aktiv, ja, denn während in literarischen Beschreibungen, man denke etwa an Goethes *Werther*, als Lotte und ihr unglücklicher Verehrer ein Gewitter beobachten, gern die innere Stimmung der Romanfiguren in die (passiv empfangende) Natur projiziert wird, verfährt Flaubert andersherum: die »Dinge« werfen ihr Bild in Emma. Licht fällt, Staub, eine Hand. Im Roman wechselt mit Léons Abreise der emotionale Raum der anderen Figuren; erzählt wird dies über Äußeres: Fluss, Wellen und Ufer, Kieselsteine und Sonnentage, Kapuzinerkresse, Wind und die weißen Seiten eines Buches.

Bereits die Kappe war ein Kunstwerk des Übergangs: Artefakt aus Disparatem. Flaubert stellt mit *Madame Bovary* ebenfalls ein Artefakt her, lässt uns dies wissen und verführt uns dann, diese Künstlichkeit sogleich wieder zu vergessen. Auch Virginia Woolf, etwa in *Mrs. Dalloway*, wechselt in der Erzählperson das Geschlecht, wenn die Stimme von Mrs. Dalloways innerem Monologen hinüberspringt in Septimus Warren Smiths kriegsgeschädigte Innenwelt. Woolf stellt diese Übergänge stets hart aus, Flaubert hingegen schneidet nicht: er zeigt, dass Zerschnittenes, Einzelteiliges vorgefunden wird, und zeigt sodann, wie es aneinander gerät. Dabei werden Handlungsübergänge gleitend und auf »natürlich« scheinende Weise unter Einspielung der ein oder anderen Überraschung gebaut. Felle und Borten folgen einander – bis Zufall und Neigung, Kalkül und Irrationalität in Yonville zu Ergebnissen führen: Emmas erste Liebschaft mit Rodolphe, Gattenverzweiflung, Ende des Verhältnisses zu Rodolphe, Geliebtenverzweiflung, Selbstmordgedanken, zweite Liebschaft, Geldnot, Katastrophe, kurze Ruhe, elender Schmerz, Emmas Tod.

Gefäß um Gefäß

Dem Arztsohn Flaubert wurden Gefäße (Adern, aber auch Organe) und die Lehre von ihnen früh vertraut. So mag es wenig Wunder nehmen, dass Behältnisse jeder Art in *Madame*

Bovary die größten (Neben-)Rollen spielen: die Kappe ist ein umgekehrter Topf, und auch eine (kappenförmige) Kutsche kann man herrlich nutzen, um einmal etwas richtig zusammenzurühren. Schon steigen, unter der Mittagssonne an der Kathedrale von Rouen, Emma und Léon in den Pferdewagen, für den Rest des Tages schwankt, schaukelt und irrt das schwarze Gefährt mit zugezogenen Vorhängen sinnlos durch die Stadt. Der Leser sieht es nur von außen; was in diesem »Topf« gekocht und gekostet wird, malt umso effektiver die eigene Phantasie ihm aus.

Gefäße: Charles' ehrgeizige Operation eines Klumpfusses misslingt aufs Schlimmste, weil das operierte Glied in ein mechanisches Laufgefäß gespannt wird. Und Emma benutzt am Ende, getrieben von Verzweiflung und spontanem Mut, die eigene Hand als Gefäß für das Gift, das sie schluckt.

Gefäß um Gefäß.

Schon während der ersten Fahrt des Romans reist im Kutschgefäß eine Emma, die ihrerseits Gefäß ist: sie erwartet ein Kind. Ihr Fuß erscheint im Gefäß seines Stiefels vor einem Kamin, an dem in seinem Käfig ein Distelfink sitzt. Auch Emmas Kleid dient als Gefäß für ihre Haut, die Haut als Gefäß, das den Körper umschließt – Léon schaut hindurch –, und der Körper als Gefäß für etwas, das, als Emmas »Seele« oder »Inneres« schwer benennbar, wohl aber erzählbar ist. Auf Grund seiner schillern Emmas Augen in zahlreichen Farben, von Lila zu Grau, Violett über Schwarz und Braun. Die alten »Seelengefäße« verschleiern sich, zeigen doch, locken, und wir geben nach. Sitzen – lesend, sehend – da, umschlossen von einem Gefäß ganz eigener Art: Flauberts Sprache. Denn sie allein ist es, die uns zu Madame Bovary führt.

Elle était sur le seuil; elle alla chercher son ombrelle, elle l'ouvrit. L'ombrelle, de soie gorge-de-pigeon, que traversait le soleil, éclairait de reflets mobiles la peau blanche de sa figure. Elle souriait là-dessous à la chaleur tiède; et on entendait les gouttes d'eau, une à une, tomber sur la moire tendue.[21]

Wörtlich, das heißt roh und halbdeutsch: »Sie war auf der Schwelle; sie suchte ihr Schirmchen, sie öffnete es.«

Eben erst lernen Charles und Emma sich kennen. Immer wieder besucht er den Hof, reitet davon. Sie verabschiedet ihn und sieht ihm nach. Vom Imperfekt des »était«, das eine anhaltende Handlungssituation beschreibt, wechselt das Französische (»alla chercher«, »ouvrit«) ins Passé simple, wodurch eine Staffelung der Handlung in »Rahmen« und »neues Ereignis« ausgedrückt wird; der Strichpunkt unterstreicht dies noch.

»Das Schirmchen, aus Seide taubenkehlenfarben, das die Sonne durchdrang, erleuchtete/beschien mit beweglichen Lichtreflexen/Widerspiegelungen die weiße Haut ihres Gesichtes. Sie lächelte darunter in der/bei der milden/lauen Hitze; und man hörte die Wassertropfen, einen um den anderen, fallen auf die gespannte Seide.«

Flaubert verwendet für den Stoff des Schirms zwei Wörter: zunächst »soie« (Seide), am Ende des Absatzes aber »moire«, das eigentlich ›Mohair‹ bedeutet, zu seiner Zeit aber auch Stoffe mit changierender Oberfläche bezeichnen konnte – hier wird erneut der Glanz betont. Zudem wiederholt sich im zuletzt zitierten Satz die Strichpunktstruktur: wieder sind andauernder Rahmen (Emmas Lächeln) und neue Ereignisse (das Fallen jedes einzelnen Wassertropfens) gegeneinander gestellt.

Man erkennt ein Mosaikspiel von Sinn und Sprachmusik; bei Wolfgang Techtmeier, in dessen Übertragung ich *Madame Bovary*[22] bislang zitiert habe, klingt es so:

> Sie war auf der Schwelle; sie holte ihren Schirm, sie spannte ihn auf. Den Schirm aus taubengrauer Seide, durch den die Sonne schien, erhellte die weiße Haut ihres Gesichtes mit hin und her huschenden Lichtreflexen. Sie lächelte in der milden Wärme; und man hörte die Tropfen einzeln auf die gespannte Seide fallen.

René Schickele und Irene Riesen hingegen schmücken aus[23]:

> Sie stand schon in der Tür; sie kehrte aber um, holte ihren Sonnenschirm und spannte ihn auf. Durch die taubenhalsfarbene Seide des Schirms drang die Sonne und warf unruhige Reflexe auf die weiße Haut ihres Gesichts. Sie lächelte in der lauen Wärme unter dem Schirm; und man hörte die Wassertropfen, einen nach dem anderen, auf die gespannte Seide fallen.

Caroline Vollmann übersetzt[24]:

> Sie stand auf der Türschwelle; sie holte ihren Sonnenschirm und öffnete ihn. Der Schirm aus taubenblauer Seide, durch den die Sonne schien, warf flüchtige Reflexe auf die weiße Haut ihres Gesichts. Sie lächelte darunter in der lauen Wärme; und man hörte die Wassertropfen, einen nach dem andern, auf die aufgespannte Seide fallen.

Übersetzungen sind Sprachgefäße. Sie sagen, wie die zitierte Stelle zeigt, in etwa das Gleiche, dasselbe aber sagt keine. Techtmeiers »den Schirm« zu Beginn des zweiten Satzes stellt eine interessante Lesart des französischen »l'ombrelle [...] éclairait de reflets mobiles la peau blanche de sa figure« vor. Bei Vollmann kann man sehen, wie wohl die meisten diese Stelle auffassen würden: der Schirm und das durch ihn spielende Licht erhellen Emmas Haut. Techtmeier hingegen dreht, dem Klischee entgegen, den Bezug um: nun beleuchtet Emmas helles Gesicht, von unten, den grauen Schirm. Das wirkt im ersten Moment vielleicht extravagant, passt aber wunderbar zu Flaubert, weil es die Gleichrangigkeit in der Wechselwirkung zwischen Figur und Ding betont.[25]

Aufschlussreich ist auch der Umgang der Übersetzer mit der Zeitstruktur des ersten Satzes. Während Schickele/Riesen einen Nebensatz hinzuerfinden, fügt Vollmann nur im letzten Satzglied ein »und« ein. Techtmeier verfährt am sparsamsten; er reiht wie im Französischen. Da das Deutsche kein Äquivalent zum passé simple kennt, bleibt ihm somit allerdings allein der Strichpunkt, um die Modi »stehen« (Rahmen) und neue Handlung voneinander abzusetzen.

Zusammengehören

Schon das im Roman vielfach variierte Thema ›Gefäße‹ weist darauf hin, der Satz »Madame Bovary, c'est moi« handelt ebenfalls davon: Kernthema des Romans *Bovary* ist die Frage, wie etwas zusammenkommt und –gehört. Der Autor erfindet drei Madames B., »c'est moi« gilt für jede von ihnen, doch nun können wir hören, was der Satz nicht sagt. Nicht

»Emma« wird genannt als »c'est moi«, sondern jenes weibliche Wesen, das verheiratet ist (Flaubert war es nie) und den Namen des Mannes trägt, während eine andere, alte Identität (das Fräulein, das Mädchen) noch in ihm steckt. Genau genommen ist Emma »Madame Charles Bovary«, ein seltsames Mischwesen aus Mann und Frau.

Zusammengehören?

Aber gewiss.

Madame Bovary ist ein Eheroman. Da ist das Paar Rouault: sie, die Bäuerin, ist zwei Jahre vor Emmas Hochzeit gestorben, er, alt geworden, lebt allein. Da sind Charles' Eltern: eine dominante Mutter, die den Sohn, wenigstens emotional, an die Stelle ihres Mannes setzt, eifersüchtig auf seine Liebe zu Emma reagiert, auftrumpft, als die »Konkurrentin« stirbt – doch da kommt es zum Bruch mit Charles. Dort das Ehepaar Homais: er eitel, sie vielfache Mutter, naiv, folgsam und still. Da die erste Madame Charles Bovary, die nicht nur die Märchenfunktion erfüllt, Emmas großen Auftritt einzuleiten, der vor ihrer Hässlichkeit umso heller strahlt, sondern auch Licht ins innere Zimmer der Liebesverhältnisse wirft. Sie liebt Charles, doch auch sie hat ihn (finanziell) betrogen, sie stirbt. Spätestens nun fällt auf, wie viele tote Ehefrauen es in diesem Roman gibt; keine hingegen läuft ihrem Mann weg. Dies ist nicht der Zeit und ihren Konventionen geschuldet (im »wirklichen Leben« gab es durchaus Ehevarianten und Mischformen, so etwa bei Louise Colet, Ehefrau des Hippolyte Colet), sondern beruht auf einer Entscheidung des Autors. Keine also läuft weg, bei Flaubert, kaum eine jedoch überlebt die Ehe; die Frau verdummt oder langweilt sich »zu Tode«, wird alt, zynisch, giftig, oder stirbt durch Gift.

Männer und Frauen: vereint, getrennt. Und doch folgen

sie einander. Sie suchen sich, springen davon, wechseln sich aus. Bleiben nahe, auf Ferne; stürzen ins Leben, ganz ohne den anderen.

Madame Bovary, c'est moi?

Ja und nein. Hier schrieb keine Frau. Man merkt es gerade an den Flaubert so wichtigen Kleinigkeiten, vor allem daran, was fehlt. Frauenkörperliches etwa. Warum wird Emma nur einmal schwanger? Warum erst nach zwei Jahren Ehe? Wie wird verhütet? Was haben ihre Gefühle, Träume, Depressionen mit ihren Rhythmen und Hormonen zu tun? Bei Flaubert: nichts.

Der Roman braucht viel Zeit, bis Emma überhaupt erscheint, nur langsam öffnet sich Tür um Tür. Die Erzählstimme kommt der weiblichen Hauptfigur sehr nahe, manchmal ist sie für drei Sätze in ihr, löst sich sogleich aber wieder. Dass eine solchermaßen manngeschriebene Frau vielen »passt(e)«, ist Teil der Konstellation Männer-sprechen-Frauen, aber auch sie fungiert als vieldeutige Kappe: phantastisch, närrisch, wild, etwas, das glänzt und einen Schirm hat, une visière, mit dem es unseren Blick beschattet, also ermöglicht und begrenzt zugleich.

Emmas Kleidung wird stets sorgsam gewählt, oft ebenso sorgsam beschrieben. Vor allem Schuhe – der erotisch besetzte Fuß – und Kleidkragen bzw. Nacken rücken in den Blick. Doch eines fehlt: die Tasche. Im dritten Teil des Romans ist Emma ständig unterwegs zwischen ihrem Zuhause und Rouen, Wohnort ihres zweiten Liebhabers Léon. Ohne Tasche.[26] Andere Autoren, etwa Theodor Fontane in seinem ersten, auch thematisch passenden Roman *L'Adultera*, oder Tolstoi mit Anna Karenina waren aufmerksamer und versorgten ihre Protagonistinnen mit diesem weiblichen Utensil, allemal bei Reisen zu einem Liebhaber. Doch in *Madame Bovary* fällt das Frauenrequisit, ein extrem nützliches Gefäß, aus, den Roman schreibt ein an Taschen uninteressierter Mann. So hören wir nun noch etwas in Flauberts spielendem Satz »Madame Bovary, c'est moi«. Er heißt, genau übersetzt, eben nicht »ich bin Madame Bovary«, sondern »sie ist ich«.

Flaubert dafür zu loben, wie treffend er die weibliche Psyche erfasst habe, ist somit Teil eines Zirkelschlusses, falsch und richtig zugleich. Der syphilitische, früh alternde Gustave schreibt im Haus seiner Mutter seine »kleine Frau« eben danach, wie er sich vorstellt, was sie als kleine Frau fühlt und wie sie handelt. Das ist kein Fehler, es ist das Beste, was er tun kann, denn so lässt er uns etwas vom Rondo der Projektionen sehen, die wir ›Geschlecht‹ und manchmal auch ›Liebe‹ nennen. So artikuliert der Satz »Madame Bovary, c'est moi« auch eine Sehnsucht des Publikums: dass jemand sie uns schreibe, jene immer »andere« Seite, und uns selbst gleich hinzu, gespiegelt in ihr.

Weil Flaubert Frauen- und Männerbilder weder schont noch ganz zerlegt, führt das Wechselspiel der Projektionen dazu, dass Charles immer weiblicher wirkt, allemal gegen markige Männer wie Emmas Liebhaber Rodolphe, die ihrerseits auf Grund ihrer Spleens und Hartherzigkeit nicht wirklich glänzen. Männlich und weiblich lassen sich in diesem Text nicht gegeneinander aufrechnen, und am Ende hat Charles einmal recht, auf seltsame Weise: er sitzt auf einer Bank im Garten und hält eine lange schwarze Haarsträhne im Schoß. Die Tochter stößt ihn an, er rutscht auf den Boden. Sein Kopf ist entblößt, bis eben lehnte er nach hinten gegen eine Mauer, Kehle gebogen, Mund geöffnet (wie Emma, als sie das Glas ausleckte). Die Strähne, Emmas Haar, war eine Kopfbedeckung, eine natürliche Kappe. Sie wird nicht (mehr) verwoben.

Sie ist ganz einfach geworden. Ganz verloren.

Und auch Charles ist tot, die kleine, übrig bleibende Mademoiselle Bovary allein.

Mit bloßer Hand

Eben aber noch fuhr eine Kutsche, glänzend, die Vorhänge geschlossen, für einen Tag kreuz und quer durch Rouen, und ein seltsam unempfindsamer Kutscher schien nichts zu ahnen. Das Modell machte Schule, so erzählt Barnes, und zwar in Hamburg, wo man nach Erscheinen des Romans eine Kutsche zu eben jenem offensichtlich-verborgenen Zweck mieten konnte; sinnigerweise nannte man das Gefährt gleich »einen Bovary«.

Leider wird nicht berichtet, ob die Nachahmung der Literatur durch das Leben so weit ging, dass auch in Hamburg während der Fahrt eine Hand Briefschnipsel aus dem Kutschfenster flattern lassen und eine Stimme aus den Tiefen des fahrenden Liebeszimmers ab und an ein gebieterisches »weiter!«, »weiter!« rufen musste.

Kreiseln, die Hand bewegen: die Kutsche wird, wie einst Charles' Schulkappe, zum Bild für den Roman selbst, eine unwahrscheinliche Konstruktion, irr-witzig zusammengefügt. Ob die Hand, die sich am Fenster zeigt, einem Mann oder einer Frau gehört, verschweigt der Text. Doch sie ist nackt, une main nue, und sie wirft Geschriebenes fort. Eben dies tat Flaubert in den vier Jahren Arbeitszeit an seinem Roman häufig – seine dunkle, uns verschlossene Kutsche und die aus ihr zuckende weiße, streuende Hand sind auch Bild für das Schreiben selbst, das sich nie erklären, nur verbildlichen lässt: eine camera obscura, deren Loch nicht nur Licht, sondern auch eine Hand passiert.

An Charles, den Langen, dockte zu Anfang die ebenfalls hochgewachsene Autorenfigur an. Sie folgte Bovary aus dem Klassenraum, und wir, die Leser, tappten bezaubert-gefangen einem *nous* hinterher, von dem wir wussten, dass es nicht uns bezeichnete, sondern den Nullpunkt des Erzählens, die Speisung des Erzählers mit seiner Figur. Begegnen, hören, glauben – so kalkuliert der Text, und wir vergessen, was der Erzähler nicht wissen kann, werden eingelullt, folgen Charles, sind ihm nahe, ohne mit ihm identisch zu sein. Er ist unsere Kutsche. Wir fahren gern mit ihr, dürfen aber aussteigen, wann immer wir wollen.

So gehen wir lesend hinaus in Charles' dem »nous« folgenden Leben, immer und immer wieder. Und das Schönste daran: da steht sie erneut, an einem Frühlingsabend, Emma Rouault, ein lichtes Gesicht unter einem Schirm von Seide, grau wie die Hälse so manches Papageis, und wartet auf ihren Bovary – und uns.

»Fegende Gärtner, schreibende Frauen«

Zur Wirklichkeit der Erscheinungen bei Virginia Woolf

Wie erzählt man ein Leben?

Dieses vielleicht aus einem Zimmer heraus, von dem man auf einen Garten sieht, auf englisches Wetter, elende Wolken, auf Wasser im Hintergrund, ein Glitzern, ein Fragezeichen, ein schelmisches Lächeln an einem guten Tag. Aus einem Zimmer, in dem sie im Winter 1939/40 sitzt und friert, es schneit in den Sussex Downs, die klammen Finger halten kaum den Stift. Seit September liegt England mit Nazideutschland im Krieg, Virginias Mann, Leonard Woolf, ist Jude und Sozialist, das Ehepaar denkt an Selbstmord, Tiefflieger jagen über das Dorf, das Haus in London steht leer. Virginia, 58 Jahre alt, immer wieder von Wahnvorstellungen und Depressionen heimgesucht, arbeitet an ihrem letzten Roman. Blick aus dem Fenster: Bäume, ein Kirchturm, niedrig, auf den Wiesen ein künstlicher See – vor ein paar Tagen stürzte eine Bombe in den Fluss Ouse, viel Wasser spritzte heraus, nun kreisen Möwen darüber.

Sie war ein Kind des Jahrhunderts davor: Adeline Virginia Stephen, aufgewachsen in einem verschachtelten Haus am Londoner Hyde Park, elf Familienmitglieder, zahlreiche Bedienstete, liberal, intellektuell. Die Söhne gehen auf Privatschulen und an die Universität, die Töchter werden unsystematisch zu Hause unterrichtet; besuchsbesessen, redselig, wohlhabend soll das Umfeld gewesen sein, *pampered* nennen die Engländer das, abgefedert, verwöhnt. Doch: was mag es geheißen haben, in dem dunklen Haus als Mädchen zu leben, ehrgeizig, halbhübsch, scheu, die Vorletzte, dem älteren Bruder Thoby und der Schwester Vanessa eng verbunden, während einer der Halbbrüder sie liebte, viel zu sehr und in einem ganz falschen Sinn? Grotesk, komisch, tragisch? Im Mai 1895 stirbt überraschend die Mutter, Virginia wird krank; erste Symptome der späteren Wahnvorstellungen zeigen sich. 1904 folgt der Vater, 1906 Thoby, der sich mit Typhus angesteckt hatte. Immer wieder bricht Virginias Geisteskrankheit hervor.

Sie ist ängstlich und scheu; Freunden aber fällt ihr brillanter Verstand auf. Am 10. August 1912 schließlich wird jene Virginia Woolf »gemacht«, die wir kennen: Miss A.V. Stephen heiratet Leonard Woolf, einen Mann, der an ihr vor allem ihr Schreiben schätzt – und ihr regelmäßiges Arbeiten am Morgen verordnet.

Er ist es, der sie fast dreißig Jahre später am Ufer der Ouse suchen wird. Sie spürte ihre Krankheit wieder kommen, legte Steine in den Mantel, nahm einen Stock. 21. März 1941, Frühlingsbeginn. Mittags ging sie aus dem Haus, die Stimmen im Kopf begleiteten sie. Den Stock fand Leonard später, er steckte im Schlamm.

Wie erzählt man ein Leben so, dass ein Gefühl dafür entsteht, wie unvorhersehbar es war – wie da jemand hoffte und sich täuschte, vorankam und stecken blieb, traurig war, mutig wurde –, wie erzählt man es so, dass es das menschliche Herz umschließt?[1]

Virginia Woolf könnte man begleiten, indem man durch Zimmer streift: Londoner Salons, Schlafkammern, Kliniken wechselten einander ab, der Stadtteil Bloomsbury selbst fügte sich zu einem Raum, real bewohnte, ebenso aber erfundene Häuser erschienen, unter ihnen ein ganzer Roman, *Jacob's Room*, immer wieder spielten Schwellen und Türen eine Rolle. Im Schreiben vervielfältigten Woolfs Zimmer sich; am berühmtesten wurde eines, das sie »nur« forderte, *A Room of One's Own*. Auch Frauen sollen Zimmer haben, ganz für sich – und heute, nach den Wellen feministischer Lektüren, die über diesen Text hinwegstürmten, ihn oft genug auch erdrückten, scheint mir am schönsten, wie in Woolfs Werk, sei es in ihren klugen Essays, sei es in der Fiktion, das Selbst seinerseits als vielzimmriges Haus sich zeigt, geschichtet, erfunden, fragil.

Eine Geschichte aber der Woolfschen Lebensräume müsste auch von zwei erlebten Kriegen sprechen, von Kämpfen um Liebe, Ausdruck, Gesundheit und Geld, vom Spiegelglanz im anderen und von der Einsamkeit ihm gegenüber, von einem Ich, ausgespannt in die schmerzliche Notwendigkeit, sich abzugrenzen und doch zu öffnen. Und, erneut, von jenem Ende, als ein Körper außerhalb aller Zimmer unter Wasser liegt, in einem Raum, der lang und gestreckt sich fließend ständig auflöst, erschafft und wieder vergeht, einem Raum, in dem keiner mehr atmen kann.

Mrs. Dalloway

Auch Bücher sind Räume. Sie gehören einem und allen. So sind sie nicht spezifisch, doch ganz genau, nämlich individuell: das, was wir, und nur wir sehen, indem wir sie lesen.

Räume aus Schrift, gebaut für uns in dieser Stunde, aus diesem Stoff, in unserem Kopf. Vielfach verbunden mit unseren Leben, weil auch sie am Ende werden, was wir uns erzählen, dass sie waren.

Woolfs vierter Roman, lange Zeit *The Hours* genannt, beginnt mit einer Figur in einer Tür:

> Mrs. Dalloway sagte, sie wolle die Blumen selber kaufen. Denn Lucy hatte genug zu bestellen. Die Türen würden aus den Angeln gehängt werden; Rumpelmayers Leute kämen. Und dann, dachte Clarissa Dalloway, was für ein Morgen – frisch, wie geschaffen für Kinder am Strand.[2]

Ehe wir uns versehen, wechselt innerhalb dieses Anfangs die Perspektive: Mrs. Dalloway tritt auf, für Sekunden stehen wir mit ihr auf einer Straße in London Westminster, um sogleich, ohne Übergang, in eine Kindheitserinnerung der Protagonistin geschwemmt zu werden. Jeder Zeitpartikel des Romans ist verwoben mit Vergangenheit und Zukunft. Clarissa geht durch ihr lange vertraute Straßen – und ihr Leben beginnt, sich uns als Vielfalt zu erzählen. Blicke fallen auf Mrs. Dalloway, Blicke und Erinnerungen auf Clarissa, die ihrerseits, eine Frau über 50, »sehr aufrecht«, am Straßenrand steht. Dort sieht, riecht und fühlt sie, »was sie liebte; Leben; London; diese[n] Juni-Augenblick«[3] – und verschiedenste Stimmen, außen und innen, mischen sich.

Im Strom zahlreicher Londoner Figuren, Vehikel, Läden und Ideen fungiert Mrs. Dalloway als ein durch seine Wahrnehmung die Wirklichkeit bündelndes Bewusstsein – eben erst gesundet, empfindlich noch, in Vorbereitung eines Festes und in Erwartung eines alten Freundes, jenes Mannes, den

Clarissa nicht heiratete. Die erinnerten Wellen am Strand umspülen die Figur noch einmal in der Stadt, dort heißen sie Verkehr, Gedanken und Schrift; widergespiegelt in von einem Flugzeug an den Himmel gezeichneten Buchstaben, im unlesbaren Wogen der Blütenköpfe des Blumenladens.

Clarissa geht weiter, das Buch aber springt zu Septimus Warren Smith, »etwa dreißigjährig, bleichgesichtig, hakennasig, in braunen Schuhen und einem schäbigen Überzieher, mit nussbraunen Augen, die diesen argwöhnischen Blick hatten, der vollkommen Fremde ebenso argwöhnisch macht.«[4] Septimus empfängt Zeichen: allein ihn meinen die Flugzeuglettern, die Blätter der Bäume winken ihm, ihm folgen die Toten des Krieges. Am Abend des Tages, der soeben beginnt, wird er sich aus einem Fenster stürzen. Er hört Stimmen, der eben erst vergangene Great War hat ihn traumatisiert. Woolf führt ihre beiden Protagonisten überkreuz, immer wieder bewegt der Roman sich von einem zum anderen, doch begegnen sich Clarissa und Septimus nicht. Umso deutlicher spürt der Leser die Unterschiedlichkeit ihrer Leben; er sieht durch ihre so verschiedenen Augen, wie wir als Menschen unsere Umgebung interpretieren, mit Sinn und Gefühl versehen: jetzt, stets. Nichts davon ist »objektiv« – wir lesen, und der Wahn Septimus' wirkt so wahnsinnig nicht. Wir erleben, wie Stimmen sich überkreuzen, in jedem. Und wie die Autorin selbst sich in ihren Text hinein auslegt, sich wiedererfindet in allem – von fast jeder Druckseite kommt uns Flauberts »heute bin ich als Mann und Frau … zugleich ausgeritten in einen Wald … und ich war die Pferde, die Blätter, der Wind, die Worte, die sie sich sagten«[5] entgegen.

Woolfs Weise allerdings, Stimmen (Perspektiven) zueinander und gegeneinander zu schneiden, ist neu. Das Erzählauge springt, einer kleinen Kamera gleich, mit riesigem Zoom. Vorhänge gleiten, Wolken, Gesichter kommen, vergehen. *Mrs. Dalloway* handelt davon, wie wir wahrnehmen, wie Erinnerungen einschießen, gegen die man sich nicht wehren kann, vielleicht auch nicht wehren will, während man einen Knopf annäht, Rumpelmayers Leute hört, das Silberputzmittel riecht. Es erzählt, wie einem auf dem Weg, für den man sich entschieden hat, Menschen abhanden kommen, wie sie wiedererscheinen, einmal im Kopf und dann auch wirklich auf der Bühne, die man ihnen (etwa mit einer Party) zur Verfügung stellt.

Septimus und Mrs. Dalloway teilen den Zeitraum des Romans. Am Ende scheitert kläglich und wahnsinnig das eine Leben, während abgesichert, zerrissen zwar, doch verbunden mit Freunden, das andere sich fortsetzt. Beides war der Autorin wohlbekannt: integriert zu sein in ein (englisch geformtes) Netz sozialer Bezüge, und doch sich einsam im Inneren einer Welt wiederzufinden, die sich den anderen gegenüber verrückt. So hat der Roman ein doppeltes Ende, es spricht vom Fallen und vom Gehaltensein zugleich.

Die Kreuzung von Roman und Gedicht: *The Waves*

Wie erzählt man ein Leben?

Mrs Dalloway antwortete: indem man es, im Mikrospiegel eines Tages, gebrochen in der Wahrnehmung unterschiedlicher Figuren, erscheinen lässt. Indem man vergangene und gegenwärtige Räume hart nebeneinander setzt, als gäbe es keine Zeit. Doch es gibt sie, sie vergeht, und man erzählt, wie sich Räume einmal öffnen und dann doch endgültig schließen, etwa durch einen Fenstersprung.

Vielen gilt *To the Lighthouse,* veröffentlicht zwei Jahre nach *Mrs. Dalloway*, als Woolfs bestes Werk; es war ihr größter Publikumserfolg. Sieht man jedoch darauf, was die Autorin literarisch neu entwickelte, fällt das meiste Licht, nach *Mrs. Dalloway,* auf den 1931 erschienenen Text *The Waves.* Dieser Roman erzählt nicht Tage, sondern »ganze Leben« (was wir so nennen) und handelt zudem von sechs Figuren zugleich, zusammen mit einer siebten, dem Meer.

So sagt er: man kann Menschenleben nicht erzählen, wenn man nicht auch von anderen Elementen, von »Natur« und Zeit spricht.

Und er radikalisiert die Frage »wie wird erzählt, wer jemand ist«, indem er von Anfang an die Antwort gibt: wir sind nicht unbedingt jemand. Zuallererst sind wir nur »wo«.

»Wo?« Ein englischer Frühlingsmorgen, am Meer. Da es sich um einen Roman Woolfs handelt, steht ein Haus nahebei:

>»Ich sehe einen Ring«, sagte Bernard, »der über mir hängt. Er bebt und hängt in einer Lichtschlaufe.«
>
>»Ich sehe eine Tafel aus blassem Gelb«, sagte Susan, »die sich verbreitert, bis sie auf einen Purpurstreifen trifft.«
>
>»Ich höre ein Geräusch«, sagte Rhoda, »tschirp, zirp; tschirp, zirp, das auf- und niedersteigt.«
>
>»Ich sehe eine Kugel«, sagte Neville, »die als Tropfen an den riesigen Flanken eines Hügels hängt.«
>
>»Ich sehe eine feuerrote Troddel«, sagte Jinny, »die mit Goldfäden durchwirkt ist.«
>
>»Ich höre etwas stampfen«, sagte Louis. »Der Fuß eines großen Tieres ist angekettet. Es stampft und stampft und stampft.«[6]

Mit einer Kaskade von Metaphern beginnt *The Waves*. Jede der sechs Hauptfiguren sagt einen Satz, jeder Satz ist ein Bild, Metapher zwar, doch zugleich ganz konkret. Die Satzbilder leuchten und bilden die Steinchen eines Mosaiks – so setzt der Text sich fort, bis sich aus der Wahrnehmung der Figuren Stück um Stück die Geschichte ihrer Leben zusammenfügt.

Leben bestehen, so Woolf, aus *moments of being* und Watte:

> Ein großer Teil des Tages wird nicht bewusst gelebt. Man geht spazieren, isst, sieht alles mögliche und befasst sich mit dem, was getan werden muss: mit dem defekten Staubsauger, dem Planen des Dinners, dem Schreiben der Einkaufsliste für Mabel, mit Waschen, Kochen, Buchbinden. An einem schlechten Tag ist der Anteil des Nicht-Seins viel größer … Der echte Romancier kann irgendwie beide Arten des Seins zum Ausdruck bringen. […] Ich habe nie beide vereinen können [7] –

sagt die Autorin über sich selbst. Die eigene literarische Konzentration auf »Augenblicke gesteigerten Seins« erschien ihr als Auszeichnung und Beschränkung zugleich. Tatsächlich besteht ihr kühnster Roman zwar aus solchen *moments*, spricht aber ebenso von der Watte, jenem Nicht-Sein, das den größten Teil des Alltags ausmacht. Sie umgibt uns ständig, ist aber »ein Irrtum […] dieser ordentliche und militärische Ablauf; eine Bequemlichkeit, eine Lüge.[8] Die Figuren der *Wellen*, allen voran Bernard, wissen:

> Immer fließt tief darunter, selbst wenn wir pünktlich zur vereinbarten Zeit in weißer Weste und mit höflichen Floskeln erscheinen, ein Sturzbach zerstörter Träume,

Kinderreime, Straßenrufe, halbfertiger Sätze und Szenen – Ulmen, Weiden, fegende Gärtner, schreibende Frauen –, die aufsteigen und versinken, auch wenn wir gerade eine Dame zu Tisch führen. Während man die Gabel so sorgfältig auf dem Tischtuch geraderückt, schneiden Tausende von Gesichtern Grimassen. Da gibt es nichts, was sich mit einem Löffel herausfischen ließe; nichts, was sich als Ereignis bezeichnen ließe. Und doch ist er auch lebendig und tief, dieser Strom.[9]

Die Frage nach Erinnerungs- und Bildwellen, nach Unter- und Oberströmungen der Wirklichkeit im Menschen und durch ihn hindurch ist für einen Roman zugleich Frage nach Sprechrhythmus und Figurenaufbau. Sie führt in sein ästhetisches Zentrum. Mit Wort- wie Satzrhythmen und Bildlichkeit versucht Woolf, die Watte der Realitätskonvention zu durchdringen – allein, wie weit kann ein Roman in der Anwendung derartiger »poetischer« Mittel gehen, wenn er andererseits leichter lesbar als ein Gedicht und über Hunderte von Seiten spannend bleiben will?

Ein Roman braucht Figuren. Die geschriebenen Menschen der *Waves* entstehen auf ungewöhnliche Weise. Während sie im traditionellen Erzählen quasi von außen durch Deskription aus dem Block des Stoffes geschlagen werden, baut Woolf sie von innen auf, von einem kleinen Wort- oder Szeneklumpen her, an den immer neue Stückchen geklebt werden. Konturen bilden sich so aus dem Kern; die Figuren bestehen mehr aus Stimme denn aus Beschreibung, mehr aus Form und Klang denn aus Feststellung, bestehen aus Rhythmus und Melodie.

Am 7. Januar 1931 notiert Woolf in ihr Tagebuch:

> I could perhaps do Bernard's soliloquy in such a way as
> to break up, dig deep, make prose move – yes I swear –
> as prose has never moved before; from the chuckle, the
> babble to rhapsody.[10]

Eben ist sie mit ihrem Mann nach London zurückgekehrt.
Über Neujahr war sie krank, zu Weihnachten schon sollten
die *Waves* fertig sein, sie kämpft mit dem Ende, lässt sich ab-
lenken, »ich habe in diesem Augenblick, während ich ein Bad
nahm, ein völlig neues Buch konzipiert – eine Fortsetzung
von A Room of One's Own – über das Sexualleben von Frau-
en«[11], hält einen Vortrag (»zu dicht & anspielungsreich. Macht
nichts«[12]), denkt an Einladungen und die Hausmädchen, ist
aufgeregt, (»Lieber Gott, was ist das Leben doch merkwürdig«[13]), liest »ein wenig Dante«, wird 49 (am 26.1.), beabsich-
tigt, »in puncto Kleidung«, »hochwertige zu kaufen«[14], und
schreibt, endlich, weiter am Wellenroman. Ihr Ziel: eine Erneuerung der Gattung aus dem Geist der Wahrnehmung. Die
Frage nach dem Wie dieser Erneuerung treibt sie seit bereits
20 Jahren um.[15]

> »I see a ring,« said Bernard, »hanging above me. It quivers
> and hangs in a loop of light.«
> »I see a slab of pale yellow,« said Susan, »spreading away
> until it meets a purple stripe.«
> »I hear a sound,« said Rhoda, »cheep, chirp; cheep, chirp;
> going up and down.«
> »I see a globe,« said Neville, »hanging down in a drop
> against the enormous flanks of some hill.«
> »I see a crimson tassel,« said Jinny, »twisted with gold
> threads.«

»I hear something stamping,« said Louis. »A great beast's foot is chained. It stamps, and stamps, and stamps.«[16]

Im Original ist noch besser als in der Übersetzung zu hören, wie Woolfs Figuren sprechen: Rhythmus und Alliteration, Gleichheit bei subtiler Variation durch syntaktische Wiederholung charakterisieren diese Sätze. Über Takt und Metaphorik entstehen Intensität, Verwunderung, Spannung. Das kennen wir vor allem vom Gedicht.

Figuren, mit dichterischen Mitteln erzählt. Woolf jedoch überträgt die Frage nach der Poesie des Romans auch auf dessen Form. Der ersten Runde der sechs Stimmen folgt eine zweite, leicht veränderte:

»Seht doch das Spinnennetz an der Balkonecke,« sagte Bernard. »Es ist von Wasserperlen überzogen, Tropfen weißen Lichts.«

»Die Blätter sind um das Fenster versammelt wie gespitzte Ohren«, sagte Susan.

»Ein Schatten fällt auf den Pfad«, sagte Louis, »wie ein angewinkelter Ellbogen.«

»Inseln von Licht schwimmen auf dem Gras«, sagte Rhoda. »Sie sind durch die Bäume gefallen.«

»Die Augen der Vögel leuchten in den Tunnels zwischen den Blättern«, sagte Neville.

»Die Stängel sind mit rauen, kurzen Härchen bedeckt«, sagte Jinny, »und die Wassertropfen sind an ihnen hängen geblieben.«[17]

Sechs Takte: Bernard, Susan, Rhoda, Neville, Jinny und Louis sagen je einen Satz. Es folgen Bernard, Susan, Louis, Rhoda,

Neville und Jinny. Nun sagen manche einen Satz, manche zwei. Der neue Durchgang konkretisiert: Wege, Blätter, Fenster, Vögel und Augen erscheinen. Wir beginnen, die Figuren in ihrer Umgebung zu spüren – weil die Umgebung nicht an sich geschildert ist, sondern ganz als Bild, geworfen von der Wahrnehmung jeder Person. Die 12 Takte verbinden sich; verschiedene Tempi werden benutzt, Motive bilden sich heraus, in immer neuen Kombinationen werden sie uns begleiten. Allmählich nimmt die Länge der Redeanteile zu. Die Figuren sind Kinder, als das Buch einsetzt. Doch bald wissen sie anders und ausführlicher zu sprechen. Das Rondo der Stimmen dauert fast den ganzen Text hindurch fort, dass dennoch ein unterhaltendes und ereignisreiches Plot gelingt, verdankt der Roman einem spezifischen Erzählverfahren. Woolf arbeitet mit einem Paradox: die Stimmen, die wir hören, und die Figuren, die wir sehen, passen nicht genau überein.

Geschichten vom ›Ich‹

Jinny küsst Louis, Susan weint, Bernard tröstet sie. Getrennt schickt man die Kinder aufs Internat. Danach führen ihre Lebenswege noch weiter auseinander. Louis verdient Geld in einem Handelskontor in London. Susan kehrt aufs Land zu ihrem Vater zurück, Jinny sammelt Liebhaber in London, Rhoda, die fragilste der Figuren, lässt sich treiben. Sie spielt Verhaltensweisen nur nach, empfindet Brüche in der Kontinuität der Zeit, sagt von sich »ich bin der Schaum«. Neville schreibt Gedichte. Bernard stößt Wörter vor sich her, um seine Einsamkeit zu überwinden. Stets beschäftigt ihn die Frage nach Geschichten und wie man sie erzählen kann.

Der Grundimpuls des Buches, ein Wellenrhythmus, hat nach den Leben der Figuren gegriffen. Nun geht es schnell. Der ersten Trennung folgt ein Wiedersehen; erneut trennt man sich, kommt zusammen – um Percival zu verabschieden. Doch wer ist Percival?

Ein Ich ohne Stimme

Neville hat sich in Percival verliebt, Bernard ist eng mit ihm befreundet, Percival seinerseits liebt Susan, sagt Bernard, der Susan liebt, sich aber mit einer anderen Frau verlobt. Percival, Mitschüler der Jungen im Internat, ist anders als die sechs Freunde: intuitiv, sportlich, lebendig, mächtig, schön. Doch er bleibt stumm für den Leser – nie hören wir seine innere Stimme. Die zentrale Figur des zentrumslosen *Wellen*textes erscheint allein als Schnittmenge der Wünsche, Projektionen und Erklärungen der sechs Freunde. Sie preisen Percival seiner Unmittelbarkeit wegen, während Bernard, Louis und Neville stets über Sprache, Aufrichtigkeit und Künstlichkeit reflektieren. Die so entstehende Mittelbarkeit ist ein Gewinn, der von den Figuren aber zugleich als Mangel empfunden wird.

Percival ist potenzielle Gralsfigur in einem Woolf-spezifischen Sinn: er stellt die Frage nach dem anderen nicht. Gerade deswegen entwickelt der Roman an ihm sein ästhetisches Paradox – jener Charakter, der von allen seiner direkten Lebendigkeit wegen geliebt wird, erscheint uns, den Lesern, als verborgenster. Von allen erfahren wir, was sie denken und fühlen, wir hören ihren Mono-Dialog: wie man mit sich selbst spricht, wie sich sammelt, sich sucht, sich die eigene Geschichte erzählt. Percival hingegen, Fluchtpunkt und Schattenwurf, belebt durch die Wünsche der Freunde, intensiviert seine Abwesenheit: man ist zusammengekommen, um ihn nach Indien zu verabschieden.

Hier, auch formal in der Mitte des Romans, liegt der entscheidende Wendepunkt der *Waves*. Ihr nächster Satz lautet: »Er ist tot.«

Percival ist in Indien vom Pferd gestürzt.

Dieses Ereignis verändert die Reihenfolge, in der die Figuren sprechen: Neville verliert durch den Tod des geliebten Mannes seine Vergangenheit. Ihm folgt Bernard: eben ist sein Sohn zur Welt gekommen, doch ohne Percival empfindet Bernard sich als eines Teils seiner Lebenskraft beraubt. Rhoda hingegen nimmt Percivals Tod als Geschenk, deckt er doch alles Schmerzliche und Hässliche auf, dessen Präsenz sie stets fühlt. Louis hingegen hat weiterhin Erfolg im Kontor – und Sex mit Rhoda in seiner Dachkammer. Susan, offensichtlich Jahre später, ist Landfrau und Mutter mehrerer Kinder; Jinny versammelt noch immer stets neue Liebhaber um sich.

Zeit bröckelt, die Figuren altern. Bernard fragt sich nicht mehr nur nach der wahren Geschichte, sondern danach, ob es überhaupt Geschichten gibt.[18] Susan liebt Bernard, sagen die anderen. Jinny hat ein Verhältnis mit Neville, Rhoda wird gezeigt mit einer Todesvision, vielleicht ihrem Selbstmord. Die vereinzelten Figuren, jede eine Welle für sich, strömen noch einmal zusammen zu einem letzten Treffen in Hampton Court. »Ich bin zusammengeknotet gewesen, ich bin zerrissen«[19], sagt Neville. Am Ende gehen sie in Paaren: Susan und Bernard, Neville und Jinny, Rhoda und Louis, trennen sich kurz, sehen sich wieder, Bernard spricht von Gesang und strudelndem Wasser – der Text könnte zu Ende sein. Doch nun kommt eine zweite Ebene zum Tragen, die ihn von Anfang an strukturierte.

Eine Stimme ohne Ich

Um Leben so zu erzählen, dass das menschliche Herz eingeschlossen ist, weitet Woolf die Perspektive: auch, was nicht spricht, was als Ding, als »Natur«, als Wetter oder Zeit uns begleitet bzw. umgibt, muss zur Sprache kommen. So bildet der eingangs zitierte Chor der Stimmen den Beginn des Romans, insofern man damit den Einsatz der »Handlung«, also der Figuren, meint. Ihm vorgeschaltet jedoch ist ein anderer Raum, den eine körperlose Stimme für uns baut. Durch das gesamte Buch hindurch unterbricht sie die Geschichte der Figuren immer wieder, bettet sie aber auch ein. Dieses namenlose Sprechen, weitestmöglich entfernt von einem konkreten Erzähler, ein personenloser Mund, erzählt Landschaft. Eine Landschaft aus Sonne, Meer und Tieren, menschenlos – eine Landschaft, in der Zeit sich vollzieht, in zwei Geschwindigkeiten zugleich: als das Aufgehen eines Tages und die anschließende Wanderung der Sonne über den Himmel sowie als die Aufeinanderfolge verschiedener Jahreszeiten. Der Morgen verbindet sich mit dem Frühling, mittags flimmern Garten und Meer in der Hitze des Sommers, am Nachmittag/Abend liegen sie grau und leblos wie an einem Novembertag.

> Die Sonne war noch nicht aufgegangen. Meer und Himmel ließen sich nicht unterscheiden, nur dass das Meer leicht gezältelt war wie ein zerknittertes Tuch. Allmählich, während der Himmel weiß wurde, erstreckte sich eine dunkle Linie am Horizont, die das Meer vom Himmel trennte, und das graue Tuch wurde von dicken Streifen durchzogen, die sich, einer nach dem anderen, unter der Oberfläche bewegten, einander folgend, einander jagend, immerzu.[20]

Diese Passagen, gesprochen wie aus einem Nirgendwo, von einem »Bewusstsein an sich«, erzeugen, was alle Figuren vereint, weil es für sie Umfeld, »Welt« und Schöpferkraft darstellt. Es ist, natürlich, der Autor, der unseren Blick auf die Landschaft lenkt, dabei aber jeden Gedanken an ein Ich so weit aus dem Geschilderten nimmt, dass die Instanz dieses sprechenden Blickens (fast gänzlich) verschwindet. Als schauten wir auf die Natur selbst, ihre Ewigkeit im Gegensatz zu unserer Zeitlichkeit, obwohl gerade in ihr Zeit vergeht – aber eben als stete Wiederkehr.

Zehn solcher Stimmläufe gibt es im Roman. Sie umrahmen die zu neun Blöcken gebündelten Texte der Figuren; besondere Sprachintensität kennzeichnet sie. Im Englischen sind sie in hohem Maß mit s- und tsch-Lauten verbunden; bereits darin kann man das Meer hören, hören den Wind in den Zweigen.

> The sun had not yet risen. The sea was indistinguishable from the sky, except that the sea was slightly creased as if a cloth had wrinkles in it. Gradually as the sky whitened a dark line lay on the horizon dividing the sea from the sky and the grey cloth became barred with thick strokes moving, one after another, beneath the surface, following each other, pursuing each other, perpetually.[21]

Raum bildet sich, als falte sich ein Tuch. Licht lässt ihn hervortreten, zwischen Himmel und Wasser zeichnet sich eine dunkle Linie, Dreidimensionalität entsteht – und damit Bewegungsspiel für die Figuren des Romans. Erst das Wo, dann das Wer. Erst Bezug auf die Welt, dann Gefühl: so, sagen die *Waves*, lassen Menschenleben sich erzählen. In ihren Natur-

passagen kann man das Feuchte der Erde fühlen, ihr Trei-
bendes, auch eitrig Weiches, das Leben darin, Würmer und
Schnecken, fühlen aber auch die Härte des zustoßenden Vo-
gelschnabels, und später den Gesang dieses Tieres hören, verwandelt, unabhängig, selig allein. Zehn Passagen von großer
Schönheit und Intensität, ein Gedicht im Roman – sorgfältig
ausgewählt, rhythmisch perfekt. Die Autorin notiert in ihr
Tagebuch (7.2.1931):

> I am sure that this is the right way of using them [images
> and symbols] – not in set pieces, as I had tried at first,
> coherently, but simply as images, never making them work
> out; only suggest. Thus I hope to have kept the sound of
> the sea and the birds, dawn and garden subconsciously
> present, doing their work under ground. [22]

»Die Flosse in der Wasserwüste«

Wie man ein Leben erzählt?

Die *Wellen* antworten: indem man mit Erlebtem und seiner Spiegelung arbeitet, mit Verflechtung. Indem man eine
zentrale Figur ohne Stimme lässt (Percival), also eine Lücke
hörbar macht. Indem man eine zentrale Stimme schafft ohne
Figur (Landschaft), und auch damit eine Grenze unserer all-
täglichen Wahrnehmung aufweist. Indem man Gedicht- und
Prosaelemente mischt und, parallel dazu, die Romanhandlung durch Figurenformung von innen vorantreibt. Denn von
den Figuren der *Wellen* erfahren wir kaum, was gemeinhin
für wichtig erachtet wird (Eltern, Geschwister, Ausbildung,
Ehe, Kinder). Nicht Hochzeiten, nicht Feste, sondern »All-

tag« (über eine Wiese gehen, im Internat sitzen und reden), kleine, sich in die Psyche eingrabende Dramen machen, so das Konzept der *Waves*, die »Person« aus.

Dass diese »Person« real und Konstrukt zugleich ist, zeigt die ephemere Figur Percivals am deutlichsten. Geschichten zu erzählen ist für alle Figuren des Romans lebensnotwendig – doch das Erzählte bleibt stets unüberprüfbar. So finden die *Waves*, Roman-Lebensgefäß mit bewegter Oberfläche, nur durch die dreifache Auffächerung des Sprechens zu ihrer Form: personenloser Sprechort des Natur-Prosagedichtes, neu erfundenes, monodialogisches Sprechen der Figuren, und Herstellung eines stummen, nur besprochenen Ortes als sich immer entziehender Figur. Erst in dieser Kombination entsteht die Möglichkeit, den Roman zu Ende zu erzählen.

Als die sechs Protagonisten sich zum letzten Mal treffen, ist es in dem begleitenden Landschaftsgedicht Abend. Der Text vollzieht den Wechsel von Tag zu Nacht mit, d.h., er verändert sich. Die Vielfalt der Stimmen verschwindet, eine Nacht hindurch hören wir nur Bernards Stimme, in einem nun uns, den Lesern, gegebenen Mono-Dialog. Zum ersten Mal ist damit sein »sagte« bezogen auf ein Du außerhalb der engen Figurenkonstellation. Die anfängliche Mehrfachkodierung von Bildern als metaphorisch und konkret begegnet erneut: das angesprochene Du wird zur Spiegelstelle des Lesers, es stellt einen Fremden dar, dem Bernard begegnet sein soll, ist aber vielleicht reines Phantasma Bernards, und/oder wird ein Bild für den Tod.

> »Um jetzt zusammenzufassen«, sagte Bernard, »Ihnen jetzt den Sinn meines Lebens zu erklären. Da wir einander nicht kennen (obwohl ich Ihnen einmal, meine

ich, auf einem Schiff nach Afrika begegnet bin), können wir offen reden. Ich hänge der Illusion nach, dass etwas einen Augenblick lang miteinander zusammenhängt, eine abgerundete Form, Gewicht, Tiefe hat, abgeschlossen ist. So scheint es im Augenblick mit meinem Leben zu sein. Wäre es möglich, würde ich es Ihnen als ein Ganzes überreichen. Ich würde es abbrechen, wie man eine Weintraube abbricht. Ich würde sagen, ›Nehmen Sie es. Das ist mein Leben‹.

Doch was ich sehe (diese Kugel voller Gestalten), sehen Sie leider nicht. Sie sehen mich, wie ich Ihnen am Tisch gegenübersitze, ein eher schwerer, älterer Mann mit grauen Schläfen. Sie sehen, wie ich meine Serviette nehme und auseinander falte. Sie sehen, wie ich mir ein Glas Wein eingieße. Und Sie sehen, wie hinter mir die Tür aufgeht und Leute vorbeigehen. Aber damit Sie es verstehen können, um Ihnen mein Leben zu geben, muss ich Ihnen eine Geschichte erzählen – und es gibt so viele, so sehr viele –, Geschichten aus der Kindheit, Geschichten aus der Schule, von Liebe, Ehe, Tod und so weiter; und keine von ihnen ist wahr.«[23]

In diesem erneuten, vierten Ansatz des Erzählens vollzieht der Roman selbst, was Bernard ausspricht: die wahre Geschichte gibt es nicht. Als Autorin folgt Woolf dieser der Figur in den Mund gelegten Einsicht eben durch das Erzählen dieser Figur. Bild schiebt sich über Bild. Wir erkennen, dass wir durch Schichten blicken: auf eine Wirklichkeit und auf Figuren in ihr, die diese Wirklichkeit erzeugen, indem sie sich erzählen, wie sie sich und die Wirklichkeit sehen, so dass wir, als Leser, sie in dieser Wirklichkeit – der aller anderen, ihrer eigenen und unserer – als jene sehen, die Wirklichkeit so erfinden, dass sie ihnen scheint, als gehöre sie ihnen.

Vielleicht erzählt man sich Leben so, in Spiralen, als Drehungen. Fremde Leben, und das eigene allemal.

Doch damit nicht genug. Woolf radikalisiert den Lebens- und Schreibansatz in den *Waves*, indem sie die Frage nach der wahren Geschichte als Frage nach dem Ich begreift. Das sagt sich leicht und wirkt, nach der Postmoderne, vielleicht wie eine Selbstverständlichkeit. Doch haben wir die Koppelung »wahre Geschichte & Ich« wirklich verstanden? Oder gar »gelöst«? Allein in der Verbindung steckt eine immense Erkenntnis, die, als Frage, zum inneren Spannungsgenerator dieses Romans wird – eine Frage, die Woolf in dem Versuch, zu dem vorzudringen, was hinter Phrasen und Fassaden Menschen wirklich bewegt, fast an den Rand ihres Verstandes trieb.

Wie erzählt man ein Leben?

Drei Jahre braucht Woolf für den Wellenroman. Fragen nach Figuren und ihrer Darstellung werden weiterentwickelt, ebenso das schon in *To the Lighthouse* eingeführte Wassermotiv. Die Autorin pendelte zwischen Monk's House und London. Leonard druckte Bücher, seine Frau, scharfzüngig, hager, angespannt, arbeitete. Die Suche nach einem Kern des menschlichen »being« bildet ein Grundmotiv ihrer Romane. Woolf ist die Verzerrung von Wahrnehmung, Wahrheit und Ich aus ihren Krankheitsschüben bekannt; wie schnell Alltag und Selbst sich auflösen, erlebt sie immer wieder – und lässt vielleicht gerade deswegen nicht davon ab, auch im Schreiben stets von neuem die eigenen Prämissen zu überprüfen.

Mit den *Wellen* treibt Woolf ihr eigenes Fragen nicht nur voran, sondern stellt es selbst in Frage: einer Welle gleich rollt es auf uns zu, zieht sich zurück. Protagonist dieser Bewegung ist, neben der Form des Romans, Bernard als der Ich-Theoretiker unter den Figuren.[24]

Schön und deutlich und brillant gedacht: bereits die Frage nach dem Ich ist nicht statisch, sondern unablässige Bewegung zwischen Komposition und Auflösung, wie ihr Gegenstand.

Das Selbst oder Ich ist kein Ding, eher »Phantom, manchmal sichtbar, oft nicht«, ein »ich-weiß-nicht-genau«[25], Schwelle oder Rand, gebildet von Trennung und Vereinigung, Formung und Auflösung der Form. Die *cut-and-paste*-Technik der Mono-Dialoge des Romans spiegelt eben dies. Bernard, der am Ende versucht, die ganze Geschichte noch einmal zu erzählen, durchwandert in diesem Versuch alle anderen Figuren. Aus einem werden viele; der Glaube an Ich und Geschichten geht dabei allerdings verloren. Weil »das Leben nicht auf die Behandlung an[spricht], die wir ihm zuteil werden lassen, wenn wir es zu erzählen versuchen«[26], gibt Bernard am Ende sein Notizbuch aus der Hand. »Ich bin fertig mit den Sätzen.«[27]

Woolf aber schrieb weiter, morgens von 10.00–13.00 Uhr. Sie brauchte das Gleichmaß der Tage, um die Gegenwart über die Tiefen der Vergangenheit gleiten fühlen zu können. Nachmittags, auf Spaziergängen, dachte sie »in« ihren Roman. Die Texte sind exakt komponiert, aus einem Gespür für die Flüchtigkeit der Zeit, die Woolf festzuhalten sucht, indem sie sie zelebriert. Zum Ende der *Waves* notiert sie im Tagebuch (7. Februar 1931, Samstagmorgen):

Hier muss ich, in den wenigen Minuten, die bleiben, das Ende von *The Waves* festhalten, dem Himmel sei Dank.

Ich habe die Worte O Tod vor 15 Minuten niederge-
schrieben, nachdem ich durch die letzten zehn Seiten mit
Momenten solcher Intensität & Berauschtheit getrudelt
bin, dass mir schien, ich stolperte nur noch meiner eigenen Stimme hinterher, oder fast einer Art von Sprecher
(wie als ich verrückt war). ... Jedenfalls ist es geschafft; &
ich sitze hier die letzten 15 Minuten in einem Zustand
der Glorie, & Ruhe, & ein paar Tränen ... Wie körperlich dieses Gefühl von Triumph & Erleichterung ist! Ob
nun gut oder schlecht, es ist geschafft; & jedenfalls am
Schluss fühlte ich, es ist nicht nur beendet, sondern abge-
rundet, vervollständigt, die Sache ist zum Ausdruck gebracht – wenn auch hastig, wenn auch fragmentarisch, ich
weiß; aber ich meine, dass ich diese Flosse in der Wasser-
wüste ins Netz bekommen habe, die mir erschienen war,
über den Marschwiesen aus meinem Fenster in Rodmell,
als ich *To the Lighthouse* beendete.[28]

Wie erzählt man ein Leben?

Für Gertrude Stein, acht Jahre älter als Woolf, amerikanische
Europäerin, Sprachrhythmikerin, ist Prosa das innere Gleich-
gewicht von Sätzen, die durch ihre Reihung Emotion erzeugen; ein Erzählen von dem, was jeder erzählen kann, was
geschieht. Poesie hingegen sei, so Stein, ein intensives Auf-
rufen von Benennungen.[29] Diese Kategorisierung ist zwar
nicht richtig – jede einfache Zweiteilung zwischen Poesie
und Prosa muss in die Irre führen –, doch sie ist nützlich.

Wir haben gesehen, wie *The Waves* sich Gattungskatego-
rien entzieht. Von Anfang an rufen Stimmen einander und

den Dingen etwas zu; simultan werden Sätze entwickelt und Absätze gebaut. Der Roman verfährt rhythmisch-»poetisch« und zeichnet doch Figuren auf. Er mischt. Am Ende bleibt die Frage, was er will, indem er so verfährt.

Die übliche Antwort lautet: Bewusstsein darstellen.

Da dies scheinbar so gut in die Epoche ›Moderne‹ passt, ist man meist damit zufrieden. Heute allerdings klingt die Erkenntnis, dass die Höhepunkte des Lebens verborgen liegen unter Ereignissen des Alltags, reichlich klischiert. Vor hundert Jahren mag es sich dabei um eine aufregende Entdeckung gehandelt haben (ich habe Zweifel daran), doch können wir diese historische Lektüre getrost der Wissenschaft anheimstellen. Sprich: lassen Sie sich nicht mit der Bewusstseinsantwort abspeisen. Virginia Woolf, brillanter Verstand, hätte darüber vermutlich, zu Recht, gelacht. Und weitergefragt: Bewusstsein darstellen? Schön und gut, doch welches?

Tatsächlich ist Woolf radikaler, als jedes »Bewusstsein darstellen« suggeriert. *Die Wellen* handeln davon, dass Wirklichkeit nicht hinter den Erscheinungen liegt, sondern in ihnen. Alles, was ist, zeigt sich, auf die ein oder andere Weise. ›Bewusstsein‹ hingegen ist, wie ›Leben‹, ›Landschaft‹, ›Zeit‹ etc., ein abstraktes Wort. Ein Schreiben darüber gelingt allein, wenn jeder dieser Begriffe konkret gemacht wird, so dass die Frage nach unserem Woher und Wohin sich in Wahrnehmung und Form des Textes verlagert. Damit wir sie, im Lesen, erleben. Ein einfacher »Trick«, ein sehr schwieriger.

Wie also wird ein Leben erzählt?

Nun können wir wirklich sagen, womit die *Waves* beginnen. Ihr Anfang handelt von Sonne und Seele. Die sechs Kinder nehmen metaphorisch-metaphysisch wahr. Der Roman setzt eine Behauptung: Seele ist immer da. Vollständig. Sie beginnt im Wissen um eine Herkunft »aus dem Meer«. Das normale soziale Sprechen stellt sich erst mit dem Erwachsenwerden ein, auch das zeigt der Text. Es entwickelt Geschichten. Die Wahrnehmungen der Kinder jedoch sind präzise und umfassend, alle Sinn- und Sinnesebenen schwingen in ihnen. Dies gilt auch für ihre Spiele untereinander: sie enthalten bereits jede Lebensfrage der Erwachsenen.

Die Klugheit der Woolfschen Texte besteht auch darin, dass Bewusstsein als Verkettung begriffen ist. Kein »Ding« also, sondern ein Netzwerk, ein Gewebe, etwas so Einfach-Kompliziertes wie die Identität und gleichzeitige Unterschiedenheit von Welle und Meer. Spannend ist, wie der Charakter eines solchen Zwischenwesens in oder durch Sprache erscheint (siehe auch *Die Fahrt zum Leuchtturm*, *Mrs. Dalloway*). Der Versuch, dies zu schreiben, rollte der Autorin Woolf die Muskeln im Gehirn »into a tight ball.«[30] Es ist der Versuch, das Gehirn zu öffnen, auf die Seele.

Shore

Alle männlichen Figuren des Romans, manchmal auch seine weiblichen, wollen etwas von ihrem Leben festhalten, um der Menschheit die Vision dieses einen Augenblickes zu bewahren.[31] Sie scheitern damit, doch dem Buch gelingt es, längst vergangene fiktive Momente gegenwärtig werden zu lassen; es hebt Zeit in Empfindung auf, in etwas wie »Gemüt«.

Ich möchte dieses Wort hier als Bezeichnung für ein Organ benutzen, das wir zum Lesen brauchen, aber fast vergessen haben. Im Mittelhochdeutschen meinte *muot*, von dem Gemüt sich ableitet, eine Instanz zwischen Herz und Verstand, die empfindend-denkendes Handeln ermöglicht. Dieses Organ lässt sich (aus)bilden, ihm entspringen Neugier auf und Mut zum Abenteuer, zum Lesen, zum Forschen, es ist ein Sitz unserer Kraft. Ge-Müt, ein Ort auch der Bewegung: wo etwas (sich) in uns rührt. Wo eine Erkenntnis, ein Gefühl uns bewegen kann. Aufrühren – verändern. Berühren.

Der letzte Satz des Romans gehört der Stimme der Gedichtpassagen, der Stimme ohne Figur:

Die Wellen brachen sich am Strand

Das Leben umfasst viele Geschichten auf einmal. Beim Schreiben der *Waves* hörte Woolf späte Beethovensonaten. Wir hören in ihrer Prosa das Rollen der Stimmen, des Daseins, des Meers.

The Waves broke on the shore.

Du, fast ich

Marcelle Sauvageots Liebe in Zeiten der Einsamkeit

Sie schreibt. Sie sitzt in einem Zug und schreibt an einen Geliebten, den sie Bébé nannte, sie steigt aus und schreibt, kaum eingetroffen, erneut, schreibt Antworten auf reale und imaginäre Briefe, schreibt, weil sie kämpft, weil sie etwas nicht versteht. »Du« dachte sie lockend, hoffend, während der Reise; angekommen in Hauteville schreibt sie weiter aus Verzweiflung und Sehnsucht, aus Wut, Trauer, Ratlosigkeit, weil ihre Fragen sie drängen, weil die Trennung nicht zu verstehen ist, nicht so, nicht so plötzlich – nein, überhaupt nicht. Da sitzt sie und liest »Ich heirate … Unsere Freundschaft bleibt«[1], öffnet den Mund, hustet, denkt nach, sehnt sich und schreibt ihm Seite um Seite, sitzt da und weiß doch, schreibend, dass sie nichts davon mehr abschicken wird an ihn.

Lungensanatorium Hauteville, November 1930. Den letzten Abend in Paris verbrachte Marcelle Sauvageot mit dem Geliebten, doch nun quälen sie die Gedanken an ihr eigenes Verhalten: ungeschickt, nicht liebevoll genug, »zerbrechliches Glück«[2]. Was »passierte«, enthält ihr Brief vom 10.11., dem Tag danach, nur in Form eines fragmentarischen Dialoges; die Gedanken der liebenden Frau kreisen um den Abschied, die Kluft auch, die sich zwischen ihr, der Kranken, und dem gesunden Freund geöffnet hat. Von ihm, dessen Anonymität sie wahrt, indem sie ihn intim und lächerlich zugleich (sich und ihn der Lächerlichkeit aussetzend und doch beschützend) Bébé nennt, hören wir nur wenige Sätze. Mit einem von ihnen beginnt *Fast ganz die Deine*:

»Du siehst darin einen Liebesbeweis, nicht wahr?«[3]

Zwei Antworten gibt uns die Erzählerin auf diese vielschichtige Frage: was sie ihm wirklich sagte – und was sie gern gesagt hätte. Und wer kennte es nicht, jenes Bedauern über eine ungenützte Gelegenheit, über die eigene Scham, Schüchternheit oder Selbstironie, die einen davon abhielt, im rechten Augenblick das Rechte zu äußern. Und wer kennte es nicht, jenes Fragen bei sich selbst und beim anderen nach »Liebesbeweisen« – nach Sicherheit in jenem, uns im Kern berührenden und auftreibenden Gefühl, das wir ›Liebe‹ nennen und bei dem es eben dies nicht gibt: Sicherheit.

Sie hat Paris verlassen und drehte gern an der Zeit. Da niemand vermag, die Vergangenheit zu ändern, schreibt sie, um von dieser Änderung wenigstens zu träumen. Und um sich anzusehen, was im Weiteren geschieht.

Vier Wochen vergehen. Dann ist alles aufgelöst, von seiner Seite. Und sie schreibt erneut, will sich retten, sich herausschreiben aus dem Schmerz, seelisch und körperlich, und sie schreibt am Ende von *Fast ganz die Deine* zwei Seiten über den Weihnachtsabend im Sanatorium. Schnee leuchtet vor den dunklen Fenstern, aus den Nachbarzimmern dringt Husten, im Ballsaal spielt noch Musik – sie aber sitzt da und schreibt einen Brief nicht mehr an ihn, sondern an uns.

Lebens-Schrift

Virginia Woolf war Romanautorin; die Frage, wie man ein Leben schreibt, stellt sich daher bei ihr zum einen für die historische Figur Virginia Woolf (wie wir sie zu rekonstruieren suchen), zum anderen für Woolf als Schriftstellerin (wie erfand sie die Figuren ihrer Texte?). Anders Sauvageot: Ihr Buch *Fast ganz die Deine*, eine Sammlung in rascher Folge entstandener Liebesbriefe, befindet sich im Grenzgebiet zwischen Fiktion und Autobiographie. Wer sich in diesem Terrain bewegen will, muss eine Form erfinden. Sauvageot benutzt den virtuellen, den schwankenden Brief: sie schreibt an den Geliebten, sich und uns zugleich. Sie schreibt Leben – und wird Fiktion. Genauer: mit und für uns begibt sie sich auf den Weg dorthin.

Die erstaunlich wenig verstandene Grenze zwischen Erfindung und Lebenstext wird in jedem fiktiven Werk, manchmal deutlich, meist untergründig, mitbearbeitet. Virginia Woolfs Roman *Mrs. Dalloway* etwa trägt diverse Lebensspuren seiner Erfinderin, und ist doch eindeutig Dichtung; schon der kunstvolle Anfang mit seinen Perspektivsprüngen lässt daran keinen Zweifel. In derartigen narrativen Geweben führen Blicke auf die Biographie des Autors bestenfalls zu einem »daher kam die Idee«. Von Sauvageot hingegen erhalten wir ein anderes Signal. Wir sehen und fühlen, mit großer Dringlichkeit, den Menschen, der *Fast ganz die Deine* spricht – so geht der kleine Text uns unmittelbar und kraftvoll an.

Dass die Autorin aus Not und Trennungsschmerz zu schreiben begann, erklärt für sich genommen nichts. Allein mit radikaler Ehrlichkeit kommt man einem Liebesthema niemals bei. Doch Sauvageot erzählt, ohne auf uns zu sehen, sucht kein Mitleid, will nicht gut dastehen vor uns. Nur ein Bedürfnis treibt ihre Feder: die Lebens-Notwendigkeit, zu verstehen, was nicht zu verstehen ist. Hier schlägt das Herz dieser Prosa, radikal, schonungslos, manchmal komisch, immer präzise, immer der Liebe verpflichtet. Ein eigener Ton entsteht daraus, ungewöhnlich, ein Stück unliterarischer, jedenfalls nicht beabsichtigter Literatur, ein Stück Zeitlosigkeit – das uns berührt, weil es davon spricht, was uns am Leben hält.

Sauvageots »langer Brief in Etappen« ist in viele kleine Absätze geteilt. Zwischen den Zeilen hört man die Erzählerin nachdenken, hört Stille, und beginnt, sich ihren Alltag in der Klinik vorzustellen: wie sie untersucht wurde, mit anderen Kranken sprach (»Männer und Frauen im Morgenrock, eingesunkene Augen, Hustenanfälle«[4]), auf ihr Zimmer zurückkehrte, besorgt, erleichtert, weiterschrieb. Sie ist 30, seit vier Jahren leidet sie an Tuberkulose, eine Lungenentzündung im Winter 1929 hat ihren Zustand entscheidend verschlechtert. Eigentlich lebt sie in Paris, die Krankheit macht allerdings immer wieder Aufenthalte in Sanatorien nötig. Sauvageot aber will leben, sich freuen, knüpft Freundschaften, sucht. 1931 hält man sie für geheilt. Ihre Briefe an Bébé zeigt sie wenigen ausgewählten Freunden. Diese drängen auf eine Veröffentlichung; unter dem Titel *Commentaire* werden 163 Exemplare des Buches 1933 privat verteilt. Am Ende des Jahres aber muss die Autorin Paris von neuem verlassen.

Wieder ist es Winter. In manchen Menschenleben gibt es solche Knoten, wie etwa eine Jahreszeit, in der sich immer wieder alles entscheidet, bis zum Schluss. Anfang Januar 1934 stirbt Sauvageot in einem Sanatorium in Davos. Posthum kommt ein paar Monate später eine zweite Ausgabe der Liebeserzählung in Briefen zustande, gefolgt von Auflagen in weiteren Verlagen.[5] Paul Claudel, Paul Valéry, Clara Malraux und andere preisen den Text. Seine Individualität beeindruckt sie, seine Bescheidenheit und Offenheit rührt sie, seine radikale Ehrlichkeit und Suche machen ihn singulär.

Fast ganz die Deine ist Sauvageots einzige Publikation. Der Schreibimpuls: dem Geliebten antworten, korrigieren, was er sagte, eine bessere Antwort geben, als in der Wirklichkeit möglich war. Die Erzählerin weiß, dass der Wunsch, die Vergangenheit zu ändern, ein Traum ist, und versucht es dennoch. Mit einem Paradox beginnt der Text, in Paradoxa dringt er ein, aus ihnen sucht er einen Ausweg. Eben in dieser Bewegung macht er Liebe spürbar. Eben damit ist er der Liebe nahe.

Vielleicht wurden die Briefe nie abgeschickt, vielleicht nachträglich erfunden, später bearbeitet – egal. Sie stehen von Anfang an zwischen Wirklichkeit und Fiktion: Es gibt einen realen Adressaten, dessen Realität (das, wofür die Liebende ihn hielt) sich aber bereits als Fiktion entpuppt hat. Briefe an dieses Du werden zunehmend zu einer Form des Selbstgesprächs. Es schließt sich allerdings nicht in sich, sondern öffnet sich auf ein neues Gegenüber: den Leser. Aus einem Inneren, das sich nicht mehr schützt und nicht versteckt, spricht der Text uns an. Auf der Suche nach Klarheit; eindringlich, kompromisslos, getragen von der Energie des verletzten Liebesgefühls – ein Text, der die Wirklichkeit weder verleugnet noch abbildet, sondern sie trifft im Bild, und damit uns trifft, in Bildern von dem, was wir erlebt haben, selbst, oder bei anderen gesehen, und dann, eben doch, wieder bei uns.

Manchmal wird so aus Leben Literatur.

Klare einzelne Noten zwischen Du und Sie, ich und Du, reden und schreiben, gesund sein, krank, fahren, bleiben, einsam oder gefangen sein – für dich, bei mir. Die Liebende spricht von Schmerz, von der bösen Veränderung des Lebens, bis eben ausgerichtet auf einen Menschen, der plötzlich fort ist, mit einer Geste, einem Brief. Eins sein und doch zwei. Sich als Einheit sehen, die Trennung spüren. Inniges, grausames Paradox des Gefühls.

Vom Glück

Er verstand sie nicht an ihrem letzten gemeinsamen Abend, sie verhielt sich unklar, er fragte nach, immer wieder sieht sie nun sein gequältes Gesicht. Jeder macht sich ein Bild von sich und dem anderen, er: »Heiraten Sie mich!«[6], macht sich ein Bild davon, wie der andere ihn sieht, wie er den anderen in sich sieht, sie: »es ist wie im Traum«[7], ein Rondo tastender Gesten, der Unsicherheit. Sauvageots Briefe erklären nicht, sondern zeigen uns das Labyrinth der Spekulationen – Augen, die geschlossen und offen sind, die offen stehen, doch nicht sehen.

10. Dezember 1930, er:

»Ich heirate ... Unsere Freundschaft bleibt.«

Sie:

»Ich weiß nicht, was geschehen ist. Ich bin ganz still sitzen geblieben, und das Zimmer hat sich um mich gedreht. In meiner Seite, da, wo ich krank bin, vielleicht etwas tiefer, fühlte es sich an, als schneide man mir langsam mit einem sehr scharfen Messer ins Fleisch.«[8]

Dieser Satz spricht ganz real vom Körper – man beachte das kunstvoll eingesetzte »vielleicht etwas tiefer«, das das beschriebene Gefühl verortet und dadurch besonders spürbar macht – und ist Metapher zugleich. Krankheit und Liebe hängen zusammen; mag sein, dass Bébé seiner Marcelle den Laufpass gab, weil er eine gesunde Gattin wollte. Doch bei solch kruden Erklärungen bleiben die Briefe nie stehen, im Gegenteil: sie erzählen, wie verknäult alles war, ihre und seine Lebensverhältnisse, Wünsche, Gefühle, Familien und Zukunftsideen. Das ist schön, weil wirklich, und großartig, weil es Sauvageot gelingt, den Text kurz und leuchtend klar zu halten, obwohl sie von Absatz zu Absatz springt, nur Episoden erzählt, die Einheit von Zeit, Raum und Ort über den Haufen wirft. Sie setzt auf eine einzige Karte – die für Bébé empfundene Liebe. Sie ist nicht fort, weil er schreibt »ich heirate«, diese Liebe wühlt weiter im Busen, in der Lunge, in den Armen, im Kopf. So wird sie Leitgedanke, Untersuchungsgegenstand und Ton in einem:

»Es ist Glück, überwältigt zu werden und nichts mehr zu wissen. Doch noch ein Eckchen Bewusstsein zu haben, das immer weiß, was geschieht, und das durch dieses Wissen dem gesamten intellektuellen vernünftigen Wesen erlaubt, in jeder Sekunde an dem gegenwärtigen Glück teilzuhaben, dieses Eckchen Bewusstsein zu haben, das die Entwicklung der Freude langsam nachvollzieht, das ihr bis an die äußersten Enden folgt, ist das nicht auch Glück?«[9]

Dieses Eckchen Bewusstsein ist Voraussetzung der Briefe, die dem Erlebten Sprache geben. Insofern ist auch Kommentar (*Commentaire*) Glück. Er bedeutet Zeugenschaft für sich selbst und das eigene Leben; er ermöglicht, einzudringen in die

Grammatik der Zuneigung, Liebe, Freundschaft, der Lüge. Auf diese Reise nimmt Sauvageot uns mit.

Dabei zeigt sie sich als jemand, der Trennungen kennt. Nach Liebesverletzungen vorsichtig geworden, hat sie stets versucht, ihr eigenes Ich zu erhalten – auch als Rückkehrpunkt in ein Leben ohne den Geliebten. Ganz aufgeben oder vergessen kann sie, die Beobachterin, sich nicht. Das ist, allemal in der »Liebe«, Fluch und Segen zugleich, doch uns, den Lesern von *Fast ganz die Deine*, kommt es zugute, denn das Schreiben fließt aus diesem Beobachtungsspalt. Am Leben des Paares haben wir Anteil, weil ein Teil der Person Sauvageots die Fähigkeit ist: aufzuschreiben, wie es kommt, dass sie in ihrem Liebeskummer sich selbst sehen und zugleich für uns aufzeichnen kann. Dank dieser Konstellation erfolgt die Darstellung nicht von außen, sondern von innen. Wir erleben mit und werden doch nicht von fremden Gefühlen überschüttet. So eröffnet sich ein Raum, in dem wir berührt sein können. Wenn Sauvageot uns bedrängte, wenn sie schimpfte, anklagte, weinte, würden wir bald nur mehr die Fremdheit ihres Leids spüren und uns abwenden. Sie aber schaut auf sich selbst – und wir schauen mit ihr auf dieses Bild. Die Spiegelung beginnt, Phantome und Seelen, wir, unser Bild von uns und das, was wir lesen, umschleichen sich.[10]

Dank eines »Eckchens Bewusstsein« wird ein Kummer lebendig – auf Abstand nahe. Eben so ist Fiktion in uns angelegt, unsere Gehirne spiegeln andere Menschen und deren Emotionen, ob wir wollen oder nicht; seit Neuerem können Neurowissenschaftler dies auch im EEG nachweisen. Leser wissen es längst. Im Lesen vermögen wir im Spiegel der Erzählstimme einen Schmerz zu erinnern, vor dem wir uns ängstigen, in dem wir aber auch – ganz – lebendig sind, denn das erzählte Geschehen wirkt wie ein Brennglas, es vergrößert und steckt uns Lichter auf, zu unserem Glück. Dabei trifft Sauvageot die Grenze zwischen Nähe und Abstand, Überwältigung und Ansprache, Resonanzraum und Übersättigung ganz genau. So kommt es, dass uns die längst verstorbene Autorin berührt mit einem kleinen Text, der ganzes Risiko geht, der überfließt vom Leben in die Schrift, und umgekehrt, auf uns zu, in uns zurück – als Schrift in ein Stück Lebensgefühl.

Subjekt des eigenen Lebens?

»Ich heirate ...«

Einmal geschrieben, tausendfach gelesen.

Sauvageot: »Sie waren mein Freund, Sie wollten mich heiraten; das war wohl viel Liebe auf einmal.«[11]

Sauvageot: »Unsere Freundschaft wird in Zukunft etwas sehr Hübsches sein; wir werden uns Ansichtskarten von unseren Reisen und zu Neujahr Pralinen schicken.«[12]

Sauvageot: »Es war wie ein angehaltener Film, dessen noch nicht abgespulter Teil keine Bilder enthält; und die Figuren auf den bereits gesehenen Aufnahmen waren zu Holzpuppen erstarrt – sie hatten keinen Sinn mehr.«[13]

Wer liebt, baut die eigene Identität mit Hilfe des anderen auf. Endet solch eine Beziehung, erstarrt nicht nur die Zukunft (dieser Film ist leer), sondern verändert sich auch die Bedeutung der eigenen Vergangenheit. Sauvageot balanciert auf einem schmalen Grat: ihr (physisches) Weiterleben ist fraglich, jene Vergangenheit, die sie glaubte, gehabt zu haben, zerbricht.

Die Autorin schließt eine genaue, schonungslose Analyse an. Nicht romantische Gefühle, sondern Selbstsucht und Notwendigkeit trieben sie anfangs zu Bébé: sie benutzte ihn als ihren Stellvertreter, brauchte ihn, um sich in ihm zu spiegeln, so dass er als eine ihrer Lebensmöglichkeiten erschien. Als ihr »Double«[14] sollte er von ihr gefüllt und beschriftet werden. Eine Form von Parasitentum (so würden wir es zumindest bei Tieren und Pflanzen nennen), die er, verständlicherweise, zurückweist, allerdings aus falschen Gründen: was sie von ihm erwartet, erwartet er von Frauen. Durch ihre Männer sollen sie leben, ihnen zu Ehren. Sauvageot und Bébé waren einander in dieser Hinsicht offensichtlich viel zu gelungene Doubles, denn nun wehrt sie sich kraftvoll gegen seine Wünsche, die den ihren gleichen. Er seinerseits nennt ihre Argumente frauenrechtlerisch, sie stellt fest, dass sie sein Frauenbild nicht mag. Wunderbar anschaulich wird dies in der Wasserkringelszene, einem Stück Alltag aus dem Beziehungsleben:

»Sie haben mir erklärt, wie Sie erkennen, dass eine Frau Sie ›ohne Ansprüche und ohne Forderungen‹ liebt. Wenn Ihnen danach ist, einen ganzen Tag lang ins Wasser zu spucken, um Kringel zu machen, wird die Frau, die Sie liebt, den ganzen Tag an Ihrer Seite bleiben, ohne etwas zu sagen, und Ihnen dabei zusehen, wie Sie Wasserkringel machen; sie wird glücklich sein, weil Ihnen dieser Zeitvertreib gefällt. Und wenn Ihnen jeden Tag danach ist, Wasserkringel zu machen, wird diese Frau jeden Tag dabeisitzen und Ihnen zusehen.«[15]

Sie muss zugeben, dass sie das nicht fertigbrächte und fragt, ums Denken nicht verlegen, ob er es denn ertragen hätte, an ihrer Seite zu bleiben, um ihr dabei zuzusehen, wie sie

Wasserkringel spuckt. Ein kurzer imaginärer Dialog entfaltet sich:

»Warum fragen Sie mich: ›Ob es denjenigen gibt, für den Sie geschaffen sind?‹ Zu einer Frau sagt man: ›Der, für den Sie geschaffen sind‹, und zu einem Mann: ›Die, die für Sie geschaffen ist‹; hört man je: ›Die, für die Sie geschaffen sind?‹ Der Mann ist; alles scheint zu seiner Verfügung zu stehen.«[16]

So rücken, aus kleinem Anlass, große Asymmetrien in den Redeweisen der Männer über Frauen und der Frauen über Männer in den Fokus; Redeweisen, die für Haltungen und Mentalitäten stehen – nicht allein um 1930. Hier kann man, mit Verschiebungen, gewiss (doch wie groß sind sie?), etwas wiedererkennen, sich an den Kopf greifen, nun, fast 80 Jahre später, und zugleich wahrnehmen, wie Geschlechterkonstellationen und -erwartungen, Liebesbedürfnisse, das einfache und komplexe »dafür brauche ich dich«, wie Machtspiele und Ohnmacht, Sehnsucht und Comme-il-faut im Lieben und »Lieben« weiterhin aufeinanderprallen, sich mischen, zusammenspielen, auseinanderdrängen.

Der Leser spürt Sauvageots Gefühlstumulte, ihre Widersprüchlichkeit, ihre scharfe Zunge, und wird ahnen, warum der Geliebte sie durchaus (auch) anstrengend fand. Und ist doch empört über Bébés Vorstellungen? Oder schlägt über ihre Forderungen an ihn die Hände überm Kopf zusammen? Oder fühlt beide Impulse, in seiner eigenen Widersprüchlichkeit? Und wird angerührt von der Hilflosigkeit, Tapferkeit und dem Mut der Hauptfigur. Denn wer heute liest, weiß, wie es weiterging. Marcelle Sauvageot ahnte es, zumindest was ihr eigenes Leben betraf.

Wir aber lesen die Psychogramme, die sich in *Fast ganz die*

Deine so klar und präzise, vielfältig und nachdenklich entfalten, auf einem weiter gespannten historischen Grund. Thomas Manns Castorp, auf dem Weg in den Ersten Weltkrieg, winkt vom Zauberberg. Die Krankheit, keine Luft zu bekommen, wirkt symptomatisch. In Deutschland erschien Sauvageots *Commentaire* im Februar '39. 1930 war noch nichts »passiert«, im Winter drei Jahre später alles schon angelegt.

Doch beleuchtet der französische Text etwas aus seiner Zeit, das über sie hinaus in die unsere wirkt: er handelt von der Herausforderung, Subjekt des eigenen Lebens zu sein. Bébé bleibt Bébé, der zu Anfang der Beziehung gegebene Name erweist sich als richtiger als je gedacht. Denn Bébé sucht Anpassung, Übereinstimmung mit der Gesellschaft, der Mehrheit der anderen. Die Erzählerin analysiert, was sie an ihm und anderen Männern beobachtet, etwa wie auseinanderfällt, in welche Frauen man sich verliebt und welche man heiratet. Wie man nicht selbst handelt, sondern gehandelt wird. Je konformer eine Gemeinschaft, je größer der Druck, innerhalb ihrer erlaubten Normalität nicht aufzufallen, umso herausfordernder wird die Frage nach gelebter Eigenheit und Eigenverantwortlichkeit. Hier kennt Sauvageot keinen Kompromiss. Hier überrascht sie uns, in einer Gesellschaft, die sich Infantilität auf viele Fahnen schreibt und Konformitätsdruck unmerklich erhöht, mit der Frage nach uns selbst.

Erkennen und Fliehen

Der Geliebte: im Text bleibt er stumm. Wir hören ihn exklusiv durch die Erzählerin, seine Briefe werden kaum zitiert, al-

lein aus Sauvageots Antworten lässt sich auf ihren Inhalt rück-
schließen. Diese Erzählkonstellation ist ungewohnt, genauer:
sehr vertraut, allerdings nur, wenn man die Geschlechtskons-
tellation umdreht. Legion die Erzählungen, in denen Männer über die Liebe sprechen, und Frauen schweigen oder sich
exklusiv in den Briefen der Männer spiegeln. Hier geschieht
das Gegenteil: Bébé ist und bleibt eine Schattengestalt; jemand, der entworfen wird im und gezeichnet ist durch den
Blick eines anderen auf ihn.

Der Geliebte: sie sagt, sie bot ihm an, ihn zu kennen, sie
behauptet, ihm gesagt zu haben, was sie an ihm nicht mochte,
sie liebte ihn – mit seinen Schwächen. Er wollte oder konnte
das nicht annehmen, und man versteht in Teilen warum, denn
ihr Angebot ergreift auch Besitz von ihm: »Deine Schwächen
gehören mir.« So liebt jemand, der Liebe verzweifelt braucht,
jemand, der gespalten ist, weil er Symbiose ersehnt, zugleich
aber kontrollieren will. Doch eben dort, wo Liebe übergriffig
wird, stößt Sauvageot auch an deren Geheimnis. Ja, da ist all
das, was ihr an ihm missfällt. Ja, sie hat sich mit ihm abgege-
ben, weil sie ihn brauchte. Ja, sie wollte ihn als Spiegel für sich.
Dann aber trat etwas hinzu: klein und bescheiden erscheint
es, nur als Frage, näher ist es nicht zu fassen: »vielleicht war alles an Ihnen mittelmäßig. Und doch war mir am liebsten, was
von Ihnen kam. Warum?«[17]

Sauvageot analysiert die Rhetorik einer Trennung, dabei
zeigt sich, im Schattenwurf, die Grammatik einer Liebe.

Denn darin, wie wir sprechen, wie wir fordern, leiden, bit-
ten, bebildern, drücken sich Bedürfnisse der einen wie anderen Beziehungsseite und somit auch die Machstrukturen aus,
die jedes gelebte Verhältnis, in sich verändernden Anteilen,
formen. ›Liebe‹ an sich ist ein leeres Wort, Sauvageot greift

die Sache selbst an: welches Bild von ihm hatte sie, welches er von ihr, was geschah mit diesen Bildern, wodurch werden sie nun, in der Trennung, ersetzt. Sie wollte ein Aufblühen seiner Person. Denn die Phase, in der er ihr Double sein sollte, verschwand, an ihre Stelle schob sich etwas Rätselhaftes – auf es mag das blinde Wort ›Liebe‹ noch am ehesten weisen. Sauvageot wird ganz leise, vorsichtig, wenn sie davon spricht; in der Zärtlichkeit ihrer Sprache erscheint, was sie umtreibt, wonach sie sich sehnt, was groß ist, weil man es nicht erklären kann.

»Und doch war mir am liebsten, was von Ihnen kam. Warum?«

Rätsel Liebe.

Sauvageot steht an einer Grenze: Beziehungen sind kompliziert geworden. Wer beobachtet, fühlt das Zerfallen der Liebessprache, traut den eigenen Gefühlen nicht. Ausdruck und Authentizität stehen auseinander, Pirouetten, Versteckspiel und Ironie sind die Folge. Der Geliebte hatte, allmählich gibt die Erzählerin es zu, von Anfang an eine andere Freundin. Er flirtet gern. Auch sie hatte einen anderen, benutzte den jetzt Verlorenen zunächst als Trost. Als sie sich dann in ihn verliebte, kehrte das Spiel sich um, drehte sich die Macht.

Auf wenigen Seiten werden Angewiesenheit und Überlegenheit, Zärtlichkeit, Treue und Eifersucht gezielt als Prozesse erzählt. Menschen erscheinen in ihrer Komplexität, Widersprüchlichkeit, mit allen Zweifeln und Selbstbeobachtungen. Wie jemand sich selbst im Weg steht, es weiß und es doch nicht ändern kann. Wie jemand, der kontrollieren will, auch abhängig ist, zart, verletzbar, weil er die Freiwilligkeit der Liebe des anderen sucht. Wenn die Erzählerin Bébé wählte, weil er Bébé war, wie kann sie sich dann über ihn beschweren, weil er nicht Subjekt werden will? Hier hat keiner Recht – oder beide haben es. Sie brauchte ihn, aber er braucht sie nicht mehr oder hat sie nicht dazu gebraucht, wozu sie gebraucht sein wollte. Jeder, der liebt, kennt Zweifel und die Angst, verlassen zu werden. Jemand, der krank ist, erlebt das in besonderem Maß. Die Haut ist dünn. Jemand, der krank ist, ist bereits auf spezifische Weise einsam. Er fällt aus dem Alltag heraus, fällt anderen auf die Nerven. Hart und klar spricht Sauvageot dies aus, Vorwürfe schwingen mit. Oder auch nur der Wunsch: dass du mich doch verstehen könntest. Sie fragt: Wie ginge es dir, wenn du acht Nächte nicht geschlafen hättest? Er sagt, das passiere ihm nicht. Er will Kranke wegsperren lassen. Beseitigen. Sagt sie über ihn. Diese Grenze zwischen ihnen ist absolut.

Auch damit erschreckt *Fast ganz die Deine* uns.

Und es entstehen, zum Gewinn des Buches und des Lesers, während der Lektüre immer wieder Momente, in denen man versteht, warum Bébé vor der Radikalität und Absolutheit des Liebesprogramms der französischen Autorin erschrak. Er hält nicht aus, was das liebende Ich ihm zumutet, erträgt es nicht, gesehen zu werden. auf die Erde geholt zu sein, dann ist er kein Gott mehr, den die Frau als (fixes) Objekt verehrt. Subjektwerdung durch Liebe will er nicht, sie hingegen träumt davon, kann es nicht, versucht es von neuem.

Er wird gesehen, sichtbar wird sie.

Rätsel Liebe.

Mit ihm führt der Text sein inneres Gespräch.

Schreiben

Im Leben jener Liebenden, zu denen die Erzählerin gehört, zieht Liebe immer auch eine körperliche Spur. Als Zittern, Herzklopfen, als Schmerz an der Stelle, an der die Lunge verletzt ist, als Schmerz über die eigene Vergänglichkeit, die eigene Austauschbarkeit. Keiner wird bemerken, dass man fehlt.

Der Text spricht dagegen an, als wären ihm Zungen gewachsen, radikal, offen, zärtlich zum anderen, zu sich selbst, doch zugleich schonungslos – beredt eben darüber, was sich der Sprache gern entzieht. Erst im Brief löst sich, was in der gelebten Wirklichkeit zurückgehalten wurde. Monologischer Dialog, dialogisches Selbstgespräch, Hoffnung, gerichtet auf ein Du, das das Ich sich selbst sein muss.

Sauvageots Analyse ist prägnant. Sein Angebot, Freunde zu bleiben – sozialer Kitt, als Lüge durchschaut. Das Rondo der Liebesprojektionen wird zerbrochen: Ich sehe mich durch dich. Aber darin, wie ich dich sehe, sehe ich wiederum mich, wie du mich siehst, der du dich siehst, wenn du mich anschaust, um mich zu sehen, wie ich dich betrachte als Teil von mir. Etc. Sie erklärt ihm, warum sie sich nicht ganz hingab, was sich, aus Angst, aus mangelndem Vertrauen, zurückhielt als »Ich«. Um sich zu schützen, falls die Beziehung scheiterte. Sich selbst ein Nothalt zu sein.

Sie sagt: »Warum? Warum?«

Seine Beschränktheit, seine Spießigkeit, möchte man denken. Aber ist das der Grund des Geschehens? Oder ein Ausweichen vor dem, was sich nie erklären lässt: Ich liebe ihn, er liebt mich nicht.

Die Briefe zeigen den erlebten Schmerz in der Schärfe

ihrer Analyse. Sie ist ein Bild des Gefühls, das die Sprechende noch immer umtreibt. Sauvageot stößt sich an der Asymmetrie der Liebe, Sprünge in ihren Reden an Bébé spiegeln, wie sehr sie sich daran verletzt. Verletzt auch an der Verschiedenheit der Maßstäbe, die für ihn als Mann gelten, für sie als Frau. Dass Sauvageot fühlt, als weibliches Wesen so viel wert zu sein wie ein Er, muss man nicht, wie Bébé, als »frauenrechtlerisch« abtun. Seine Reaktion tut weh, wie es wehtut, die Eingesperrtheit der Erzählerin in Wertgefügen ihrer Zeit zu fühlen. Kein Wunder, dass sie Atemnot bekommt. Aber sie wehrt sich. Und auch ihre Forderung an ihn ist gewaltig. Sie postuliert eine Absolutheit der Liebe, ohne Vergleich mit anderen, ein unbedingtes Ja. Damit ist sie nicht allein, aber dadurch. Die Utopie der Liebesabsolutheit verlangt eine Grenzenlosigkeit, die in der Realität scheitern muss.

Sie sagt: »und ich liebte ihn, als wäre er ich selbst.«[18]

Eben das war zu viel.

Und ist doch Voraussetzung des Textes, denn seine Unbedingtheit erzeugt ihn thematisch und formal. Hand in Hand mit der absoluten Liebe geht eine absolute Aufrichtigkeit – zumindest das Bemühen darum. Doch auch dies ist ein Programm der Überforderung. Wie mag »Bébé« auf diese unabgesandten Briefe reagiert haben, falls er sie, als Buch dann eben doch abgeschickt, 1933 gelesen hat, oder 1943 (falls er da noch lebte). War er überrascht von der Heftigkeit ihres Gefühls? Oder fühlte ein kalter Spieler sich bestätigt?

Sie sagt: »Es ist wie ein Traum: man darf sich nicht bewegen. Ich liebe Dich.«[19]

Warum?

Auf kleinem Raum erinnert *Fast ganz die Deine* uns daran, was unsere Leben bestimmt – wir spüren Sehnsucht und Angst, unsere Endlichkeit und Sehnsucht nach ihrer Aufhebung, spüren die Kraft unserer Phantasien, unser Ich – und unsere Fragilität.

Natürlich kann Sauvageot die Frage nach dem Warum des Liebens nicht beantworten. Sie gibt sie uns in ihrer Unbeantwortbarkeit zu fühlen. Hier wird die Grenze zwischen Leben und Schreiben durchlässig, der Text lebendig, hier greift er nach uns. Vielleicht sprechen wir nicht gern darüber, doch auch wir liebten, lieben vielleicht noch, wurden verletzt, erinnern uns. Eben darin kann ein Buch bei uns sein.

Liebe ist ein gemischtes Gefühl. In alles drückt sie sich ein, aber nicht wie ein roter Faden in ein Tau, das uns hält, sondern als buntes loses Gemisch all jener Fäden, die uns ausmachen. Erkennen und Illusion kreuzen sich in ihr. Sich brauchen, sich ausgleichen, leiden. Das Feld ist abgesteckt durch Charakter und die Zeit, in der man lebt. Das Scheinspiel der »Freundschaft« will die Erzählerin nicht mitmachen. Sie setzt dem Gebrauchtwerden eine Grenze, obwohl sie zuvor bedauerte, nicht mehr gebraucht zu sein. Widersprüchlich wie das Lieben selbst ist das Auseinanderbrechen der Liebe.

Besonders beeindruckend wird Sauvageot auf den letzten Seiten: hier nimmt jemand, allen Widrigkeiten zum Trotz, seine Kraft zusammen und bricht auf. Und sei es »nur« für diesen Moment, den Tanz der Kranken in Hauteville. Die Erzählerin tanzt mit. Wie zu Anfang, als Bébé die Beziehung löste, sucht sie auch hier nach Gefühlen aus eben jenem Körper, der ihr so viele Schmerzen bereitet und doch Quelle ihres Weiterleben-Wollens ist. Mit Händen greifbar wird die immense Kraft, mit eben diesem Wissen und Schmerz nicht einfach als Opfer zu leben, sondern am Schopf zu packen, was einem gegeben ist, auch wenn man damit hadert, kämpft, wenn man Angst davor hat, wie es weitergeht, in aller Einsamkeit.

Und da wird, aus der Sicht einer 30-jährigen, die vor so vielen Jahren starb, Liebe als Lebensmut lesbar. Mit Sauvageot spüren wir die Grammatik der Liebe, das Stottern ihrer Möglichkeiten, das Buchstabieren ihres Scheiterns. Doch sind die Bedürfnisse des Mannes, der Frau, heute nicht ganz andere? Gewiss, sie werden nicht mehr so formuliert wie in den zwanziger Jahren des letzten Jahrhunderts. Die Erwartungen der Geschlechter haben sich verändert. Man möchte es hoffen, muss es bezweifeln, manchmal.

Und dann liegt Schnee.

Weiß spiegelt er in den Fenstern des Sanatoriums. Der versierte Leser denkt noch einmal an Thomas Manns *Zauberberg*, sieht weiße, unbeschriebene Felder wie Seiten vor sich, sieht Augen, die sich drehen. Sehen und Sehnsucht klingen im Deutschen aneinander an; für Sauvageot ist Liebe die Sehnsucht danach, gesehen zu sein und zugleich ertragen zu werden als eine, die sieht. Die Sehnsucht, nicht stets gut und großartig sein zu müssen. In einer Zeit, in der wir unter wirtschaftlichem Druck stromlinienförmiger werden, ohne es uns einzugestehen, in der wir einander immer weniger von Betrübnissen und Krankheiten erzählen, weil die Verantwortung dafür zunehmend dem Betrübten oder Kranken als persönliches Versagen angerechnet wird, könnte diese Utopie, geträumt in Sauvageots Briefbuch, uns helfen.

Und das ist wohl der Kern. *Fast ganz die Deine* ist ein Trostbuch eigener Art. Trost fließt aus dem Glauben in sich selbst. Letzte Halte-Stelle, so Sauvageot, in aller Bedrängnis, ist sich das Ich – mutig und einsam, doch gehalten von einem Paradox: dank der Briefe schließt seine Einsamkeit uns mit ein.

Für ein Buch über die Liebe ist Paradoxie der rechte Schluss. Es erzählt von zwei Menschen, die sich aneinander bewegten, sich verfehlten, Recht und Unrecht hatten zugleich, weil es in der Liebe auf Rechthaben nicht ankommt. Es erzählt, wie sie verhandeln um die Bedingungen des Auseinandergehens, sich zu schützen versuchen. Wie er hören will, dass sie ihm verzeiht, wie er wissen will, dass sie seinetwegen traurig ist – weil er es ist? –, wie sie sich verwahrt, dass er nichts von ihr behalten soll, nicht um seine Frau zu schützen, die die Sachen irgendwann finden wird, sondern um sich zu schützen, damit er der Frau gegenüber nie abfällig von ihr, der Exgeliebten, spricht. Wie sie sich sorgt, wie sie in den Augen des einst oder noch immer geliebten Menschen in x Jahren dastehen mag. Wie sie anfangs zu ihm fuhr, er sie stolz vorführte. Wie sie weder ein noch aus wusste auf dem Weg zu ihm, wie das Herz hüpfte und fiel. Wie, als. Als er sie brauchte, einbettete, wie sie ihn füllte mit ihrer Geschichte, bestimmte, wie er sich emanzipierte, ärgerlich wurde, seine Ideen auf sie projizierte, wie sie stritten. Wie Wasserkringel entstanden. Wie ein Zerren um Macht einsetzte, aus Scham, Verteidigung, Schuldgefühlen (bei ihr der Krankheit, bei ihm der anderen Frau wegen), wie Wut und Ungerechtigkeit Platz griffen. Kämpfen und Versuchen, und Gehen. Und wer von uns erinnerte sich nicht selbst an jenes innere Reißen und Ziehen.

Die Lektüre rührt an dieses Gefühl und tröstet dadurch: man weiß sich nicht mehr allein auf jenem schwindelnden Gipfel einer Trennung, wo Vergangenheit und Zukunft zugleich wegbrechen, so dass nur ein immer spitzer aufragender Punkt bleibt, ein dünnes Jetzt, in dem alles sich dreht, und das Ich in der Drehung verloren geht – dort, wo man jemand anderes werden muss als man werden wollte, als man die vergangene gemeinsame Zeit hindurch war.

Fast ganz die Deine ist, als Lebens-SCHRIFT, ein bearbeiteter, kunstvoll gebauter Text.[20] Aus dem fingierten Gespräch mit einem Du/Sie gelingt am Ende ein Gespräch mit sich selbst. Zu tanzen, zu vergessen und doch zu erinnern, die Stimme dessen zu hören, was war, und doch in die Zukunft zu schauen – ein gutes Ende für ein großes kleines Buch.

Dessen Aufmerksamkeit ganz dem gehört, was in uns ist.

Try See, Try Say

Sprachwandern mit Gertrude Stein

Dass man mit einer fremden Sprache Anderes sehen kann, nicht nur anders sprechen, dass Welt neu erscheint, dass das Wahrnehmungsraster ausgewürfelt wird, die Gitter und feinen Netze, die das Sprechen uns über die Welt wirft – mit dem Sprache uns über die Welt wirft –, dass sie sich verschieben, Knotenpunkte sich auflösen, neue gebildet werden, *bad* heißt nicht Bad, aber gut ist *good*, dass sich mit einer fremden Sprache die eigene Person verändert, größer wird, hier, kleiner dort, dass sogar die Stimme tiefer rutscht oder höher, während der sogenannten Muttersprache eine Sprache zur Seite tritt, die – manchmal – gelernt wird von selbst gefundenen geliebten Menschen, aus Büchern, von Schriftstellern, dass die Welt sich darunter aufwirft in *honeysuckle, shadows and dreams, rhyming slang* sowie das verzweifelt gesuchte Wort für Steckdose (!), dass man sich dadurch bereichert, aber auch etwas verliert, nämlich die selbstverständliche Verankerung im Deutschen, dass es neben dem Hineinweg in die Fremdsprache auch einen Rückweg geben muss und beides erfunden gehört, all dies lässt sich aus Büchern wissen, aber am eigenen Sprechorgan, im eigenen Leben erfahren, bedeutet es eine Zäsur: man ist über einen neuen Leisten geschlagen worden, an anderen Stellen geknickt. Da kann man, zum eigenen Erschrecken, plötzlich um Ecken sehen, die es zuvor nicht gab, das eine Auge steht weit außen links, das andere schräg hinterm Kopf – die Welt hat sich ver/stellt. Fast fühlt man sich, als wäre man tatsächlich ein Fisch mit Stielaugen, und blubbert es nicht manchmal nur vorm Mund, wenn man (doch in welcher Sprache?) etwas sagen will? Nun ist man eingetaucht in jenen Bereich, in dem Sprachen sich als Grammatiken, meint: in ihren Bildern, Idiomen, Metaphern- und Verknüpfungsstrukturen selbst zum Thema machen.

Ich lernte Englisch, als ich mit 21 nach Oxford kam, um dort zu studieren, fünf Jahre Schulenglisch floppten im Hinterkopf. Als ich dastand, nichts verstand, zappelte, ein an Land gezogener Fisch.

> This is the way they talked. Who said which first. If he said which first, which which did he say first. He scratched his head and he said, for me just for me I like which first.[1]

Die Porters im College fanden mich sehr komisch. Später konnte ich hören, dass sie aus Nordengland kamen. Damals konnte ich noch nicht einmal sehen, wie sie sprachen. Ja, die Mundbewegungen und die dadurch erzeugten Laute schienen nicht zusammenzuhängen. Ich wollte einen Adapter für die Steckdose. Sie lachten. Mir fehlte das Wort für Steckdose, also versuchte ich, eine in die Luft zu malen. Punkt, Punkt, Komma, Strich? Sie lachten noch mehr. Ich sprach Englisch, aber sie merkten es nicht. Ein englischer Student half mir schließlich mit »plug«. Er studierte *classics*, also Altphilolo-

gie, und holte sich seine Portion Sprachspaß in der Porters'
Lodge. Ich fand es schrecklich und mich absolut dämlich.
Wie sollte ich an diesem Ort je studieren, je einen Abend
mit anderen verbringen, denn im Pub, Geräuschgeklingel aus
Stimmen, Musik und Gläsern, war es am schlimmsten. 364
öde Tage und Nächte lagen vor mir, das stand fest.

> This is the way they talked. Well that was very funny not
> just for money but that was very funny, very very funny.
> Then they began to think well not really to think, you
> know what thinking is, you look up and you look down
> and you think and when you think well when you think
> you know which says which first. Each one who thinks
> thinks he said which first.[2]

Lust an Sprache – schön und gut. Lust an Sprache bei Gertrude Stein: sehr schön und sehr gut. Doch Lust an Sprache hat
immer eine Kehrseite. Sie heißt Panik.
  Endgültig aus Sprache herauszufallen, wäre unser Ende.
Lust an Sprache entsteht u.a., wenn mit dieser Gefahr gespielt wird. Weil Lust an Sprache, sinnlich wie alle Lust, eben damit jongliert, dass Sinne versagen, sich verzerren, etwas vor-
spiegeln, einer ein Narr wird. So ist Sprache lustvoll dort, wo
jemand wie Zettel, der Handwerker-Esel aus Shakespeares
Midsummer Night's Dream, die Königin der Feen liebt. In Verwischung, Gaukelei und Halluzination wird Sprache lebendig, begleitet vom Spiel mit der Bedrohung, alle Verständi-
gung zu verlieren. Wenn sich einer am Kopf kratzt und nicht
mehr weiß, welches which which ist, oder war da doch eine
Hexe (which witch?) im Spiel.
  Spiel. Steins Texte wirken auf viele zunächst wie sinnlose

Sprachübungen, manchmal hübsch wie Ornamente, Unsinn dennoch. Unterwegs ging, leider, die Erzählung verloren. Irgendetwas scheint zwar stets zu passieren, doch was? Und wer war diese Lady überhaupt? Saß also gern mittags stundenlang im Garten und starrte aufs Gebüsch? Nein, sie hielt ja ihren Pudel auf dem Schoß, und der Pudel war groß, also starrte sie wohl auf sein Fell. Meine Güte, was das Tier allein gewogen haben muss – auch sie wog ja nicht wenig eher mehr so weit mehr wiegen besser ist als weniger wiegen, um in Ruhe zu liegen ja liegen um in Ruhe das tägliche Leben das tägliche ruhige Gartenleben im Sitzen und Liegen abzuwiegen ganz wirklich ohne zu lügen.

Sozusagen. Denn es ist gar nicht so einfach, einen Gertrude-Stein-Satz selbst zu bauen. Es ist sehr einfach einen Satz aus Wiederholungen zu bauen aber ihn so zu bauen wie Gertrude Stein ihn gebaut haben könnte ist nicht unmöglich doch nicht einfach denn gern zieht sie den Satz einfach weg, hinten hoch, fast wie ein Pudelhinterteil auf ihrem Schoß. Spaß beiseite: das hätte Gertrude Stein nie gesagt, Spaß beiseite, nicht einmal beiseite hätte sie das gesagt, geschweige denn gedacht, Spaß ist schließlich das Beste an jeder Seite der Sprache, eben dort, wo der Speck wächst, und Johnny den Most schließlich doch noch holt – because he knows which side his bread is buttered on.

Denn das war ihr, Spaß beiseite, wichtig: den Most, die Gedanken, abzuholen. Sie erst wachsen zu lassen, so könnte man sagen, indem sie die Sprache nahm wie eine Angel, eine Angel, die sich im Werfen vervielfältigte, und sie immer wieder auswarf, bis sich in diesem Netz aus Angelzügen, einem Netz imaginärer Flugbahnen, ein Gedanke, nein, nicht verfing – sondern bis er freudig erschien, weil er endlich Platz hatte zu erscheinen. Das Netz dieser Sprachangelzüge, dieser Sprachfischerei mit kleinen Worten wie ›sagen‹ und ›jemand‹ oder ›keiner‹ und ›etwas‹ und ›nichts‹, den Füllworten, eben dieses Netz war ja der Gedanke – sein Raum, seine Möglichkeit. Das war ein Spaß, das machte vor allem Spaß, kein Wunder, dass Picasso bei ihr ein- und ausging, versuchte er nicht Ähnliches mit Linien und Flächen, sie hingegen warf ihre Sprachangeln aus, und bis heute kann man damit lächelnd angelsächsisch in die Luft gehen, gekitzelt an einer Stelle, an der Sprache und Gedanken zusammenstoßen.

Der Pudel starb vor ihr, und für sich sagte sie voraus, dass sie mit 72 die Welt verlassen werde. Sie verstand sich aufs Handlesen – in ihren Hautlinien hatte sie es gesehen, und tatsächlich kam es so. Ich stelle sie mir im Übrigen immer als Lady vor, eine ältere Frau. Fast ist es, als interessiere mich die junge Gertrude Stein nicht. Erst jetzt fällt es mir auf; natürlich wäre ich auch auf die junge und mittelalte Autorin neugierig, doch zeigen die verbreitetsten Abbildungen Stein stets in reiferen Jahren. Das scheint »einfach so zu passieren«, doch ist vielleicht ein guter Anlass, darüber nachzudenken, warum so viele Dichterinnen in unserem kollektiven Gedächtnis erst einen Platz bekommen, wenn sie alt sind.

Stein wandte sich den Dingen des Alltags zu, Knöpfen, Fleischstückchen, Röcken, Butter, Teigen, und verband sie mit Gedanken über Zeit und Erzählen, über Chronologie, Personsein und Sprechenkönnen oder Sprechenmüssen, eben um jemand zu sein. Manchmal kommt sie mir vor wie eine Personalunion des Ehepaars Ramsey aus Virginia Woolfs Roman *To the Lighthouse*: er, ein Philosoph, spricht in Abstrakta und Gelehrtenjargon, großartig in seinem Fach, aber ohne Blick für die Wirklichkeit. Mrs. Ramsey ist sein Gegenteil, warmherzig, bei den kleinen Dingen des Hauses und der Menschen, begabt mit einem Ohr für Töne und Zwischentöne nicht nur der Stimmen, sondern auch der Sprache selbst. Wie Auge und Ohr beim Sprechen und Schreiben kooperieren oder auseinanderklaffen, wie Sinn durch Reihung in Lauten und/oder Lettern entsteht und zerstört werden kann, hat Stein lebenslang angezogen. Stets arbeitete sie mit dem Auseinandertreten von schriftlich fixierter Bedeutung und hörbarer Vieldeutigkeit; es sind diese Momente, in denen das Netz der Sprach- und Schriftspinne verlockend aufglänzt, die uns früh einfängt, um uns dann ein Leben lang, im doppelten Sinn des Wortes, zu fesseln.

Gertrude Steins *The First Reader* (wörtlich übersetzt: *Die Fibel*, aber auch: *Der erste Leser*), ein Buch für Kinder und Erwachsene, tastet die Unterschiede zwischen gehörtem und geschriebenem Englisch in Prosa, Gedichten und drei Theaterstücken ab. Misshören und Missverstehen erzeugen Gedanken und machen Spaß; auf intensive, kurze Weise beleuchten sie die Vieldeutigkeit und damit den Reichtum von Sprache. Das Buch nutzt die komplexe englische Orthographie als Quelle der komischsten und seltsamsten Irrtümer. Wie viele Fallen da auf den Schreibenden warten – und wie viele Missverständnisse andererseits allein im Hören möglich sind (berühmt ist das Beispiel I und eye, Freude machen knot und not, für Verwirrung sorgen know und now, read, read und red).

> Just notice that if you say not knot, how do you know if you do not know how to read, which knot has a knot, and which not has not a knot. So you see you have to learn to read.[3]

Gerade in der Orthographie entwickelt jede Sprache ihre eigenen Tücken, ein dankbares Feld für Fehler suchende Englischlehrer (und Oxforder Tutoren) bieten insbesondere auch die Laute »i« und »ow«, die weder immer gleich geschrieben noch in gleichen Schreibweisen immer gleich ausgesprochen werden. Doch Lautverwandtschaften und -reibungen bringen auf Gedanken. Wie fruchtbar spielerisches Sprachverstehen und Nachdenken sich tatsächlich kombinieren lassen, bis hin zu politisch brisanten Bezügen, zeigt sich in *The First Reader* mehrfach. Die Texte entstanden Anfang der 40er Jahre, und in manchen, wie etwa der Ballade von dem einen großen Vogel und den vielen, von ihm tyrannisierten kleinen Vögeln, lassen sich unschwer Bezüge auf die politische Situation im damaligen Europa erkennen.

Stein greift auf, womit Kinder von selbst kommen – Reime, Sprüche, vorgesagte Regeln. Sie schneidet die Welt kindlicher Wahrnehmung und Phantasie, eine Welt der Vieldeutigkeit und A-Funktionalität, mit jener ordentlich geordneten der Erwachsenen, wobei Sprache sich gern auf die Seite der nachfragenden, verwunderten Kinder schlägt. Sogleich bekommt man den theoretischen Satz, dass alles, was wiederholt wird, nicht wie das Wiederholte ist, weil es ja wiederholt ist, am eigenen Sprachleib zu spüren. Wiederholungen mit ständigen kleinen Verschiebungen sind einer der spezifischen Stein-Wege, sich ins Sprachgitter zu bohren – seine Tunnel abzufahren, minutiös, erfinderisch. Zudem kindlich und durchtrieben, nämlich akribisch in die Rhythmen und Automatismen des Englischen komponiert. Sprachlust entsteht hier im unerwarteten Sprung. Im gekonnten Hüpfen von Stein zu Stein, in den wechselnden Bachbetten aus Rhythmus, Regel und Bruch.

Very kind indeed, yes indeed, very kind. It was very kind
very kind indeed, of each one of them very kind indeed
of each one of them to think that each one of them said
which first. Very kind, indeed very kind, indeed very kind
indeed.

Yes, very very kind.[4]

Ich fand es nicht so *kind*, damals, 1983, im Pub. Ich hörte
nur Rauschen. Mein Gehirn war gewöhnt, aus Musik und
Geschirrgeklapper deutsche Sprachlaute herauszufiltern.
Der Sprachwechsel rührte an diesen automatischen Prozess der Wahrnehmungsverarbeitung; ich musste mich neu
»eintunen«. Dort, wo man sonst nicht hinreicht, ja, nicht einmal merkt, dass etwas abläuft, hakte nun Sprache. Es war wie
ein Kitzeln im Stammhirn – eine durchaus unerwartete Berührung an längst eingeschliffenen Verschaltungen tief im eigenen Kopf. Und ein Staunen darüber, welche Dinge Sprachen durch Gleich- oder Ähnlichklang aneinanderrücken.
Während ein deutscher Stoffel seine Kartoffel in Pantof-
feln isst, hat im Englischen jede Kartoffel einen ganz eigenen
Zeh:

Think about spelling without yelling spell oh spell potatoe and know it is so. Potatoe, even if so has no e and potatoe has an e on toe. Potatoe.

Denk nach über buchstabieren ohne lavieren buchstabiere oh buchstabiere Kartoffelpüree es kommt ohne Reh.
Püree, auch wenn Reh kein doppeltes e hat und Püree
hat ein doppeltes e am Reh. Püree.[5]

Stein ist eine Schriftstellerin der Verknüpfungen. Immer war sie mehr am Satzbau interessiert als am einzelnen Wort. Sie hält Satzscherben aneinander; an kubistische Gemälde mag denken, wer ein Bild dafür sucht. Jede Sprache püriert die Welt auf ihre eigene Weise durch die Grammatik, in die sie sie beugt, die Verbindungen, die sie zieht. Gerade im Satzbau zeigt das Englische besondere Qualität. Die Morphemlosigkeit der Sprache gibt auch der Syntax eine erstaunliche Beweglichkeit und Doppelzüngigkeit, allemal, da die Geschlechter nicht unterschieden werden. Subjekt und Objekt tauschen locker den Platz. Und Gertrude Stein sitzt im Garten, in einem ruhigen Eck, den Königspudel neben sich. Sie meditiert. Über das, was sie schreiben will, weil sie es weiß, aber noch nicht sagen kann. Oder kennt.

Sie schaut es an.

Sie zerlegt es.

Sprache verschwindet.

Dann kommt sie wieder. Angestoßen vom DING in ihrem Rhythmus, ihrer Syntax, ihrem ganzen Gang. Stein übersetzt und hält sich selbst im Hintergrund. Sie übersetzt von der »Wirklichkeits«-Nichtsprache in die englische Steinsprache.

> So, now sew and so, so is so and sew is not so, you see to know whether sew is so or so is sew how necessary it is so that is to read is so necessary so it is. And read just think of read if red is read, and read is read, you see when all is said, just now read just then read, do you see even if a little boy or a little girl is very well fed if they do not read how can they know whether red is read and read is red. How can they know, oh no how can they know.

Auf diese Weise jetzt Waise und Weise, auf diese Weise ist Weise und Waise ist nicht auf diese Weise, du erkennst, zu wissen ob Waise auf diese Weise ist oder auf diese Weise ist waise wie notwendig es ist auf diese Weise zu lesen ist wie notwendig auf diese Weise ist. Und lies denk nur mal an lies wenn ließ lies ist, und lies ist ließ, du siehst wenn alles gesagt wird, einmal lies und dann wieder ließ, du siehst selbst wenn ein kleiner Junge oder ein kleines Mädchen gefüttert werden und nicht mies wenn sie nicht lesen wie können sie wieder wissen ob ließ lies ist und ließ ist lies. Wie können sie es wieder wissen, oh nein wie können sie es wider Wissen wissen.[6]

Auflösung und Formalisierung werden von Stein simultan eingesetzt. Eben dadurch gelingt es ihr, in uns ein Gefühl sowohl für den spielerischen als auch für den bedrohlichen Aspekt des Umgehens mit Sprache wachzurufen.

Paradox Gertrude Stein: durch Automatisierung entsteht Entautomatisierung. Im Rhythmus der verschobenen Wiederholungen wird die Struktur, vielleicht sogar das Dasein, von Dingen und Redeweisen in ihren Vernetzungen sichtbar. Die erzeugten Sätze sind nicht Willkür, nicht Zufall, kein Maschinentum. Stein versucht, etwas aus Vorsprache in Sprache zu übersetzen – die Substruktur oder Matrix einer Sprache selbst sprechen zu lassen:

The daily bird was all excited. He had heard a word. It might have been worm the word he heard but it was not. The word he heard was po-ta-toe. Sweet po-ta-toe, a lovely word, a sweet word, that was the word the daily bird heard. And he said hoe, no they mean hoe or ho and he said ha no they mean tea and he said toe oh yes toe, toe is that so. And then he said no it is not so it is pota- toe and he smiled and smiled and said oh potatoe sweet potatoe that is so.

Der Vogel der betört war ganz aufgeregt. Er hatte ein Wort gehört. Es war vielleicht Wurm das Wort das er hör- te war es aber nicht. Das Wort das er hörte war Kar-tof- fel-pü-ree. Süßes Kartoffelpüree, ein schönes Wort, ein süßes Wort, das war das Wort das der Vogel hörte der be- törte. Und er sagte Schnee, nein sie meinen Schnee oder See und er sagte hee nein sie meinen Tee und er sagte Reh oh ja Reh, Reh das ist es ich seh. Und dann sagte er nee nicht dass ich es seh es ist Kartoffelpüree und er lächelte und lächelte und sagte oh Kartoffelpüree süßes Kartoffelpüree dass ich dich seh.[7]

So erscheint Schreiben selbst als Übersetzen: ein Hin(ge)lan- gen in etwas mit Sprache Verbundenes, aber im Verhältnis zu ihrer Normalform Verschobenes. In einen Zettel-Zustand. Zu erreichen, zum Beispiel, durch Meditation. Auflösung der eigenen Wort-Ding-Verschaltungen im Kopf, durch Rütteln, Spielen, durch ein Springen zwischen Gewinn und Verlust. Sprache wird ein Spiegel ihrer selbst, der aber noch immer etwas von uns hält und zeigt.

Das Übersetzen von etwas durch Übersetzen Erschriebe- nem bedeutet, die Oberflächen der beiden Sprachen, mit denen man handelt (die man in den Händen bewegt), auf- zulösen, um sie neu miteinander in Berührung zu bringen. Risiko, Einbohrung und Sprung sind gefragt. Dazu muss man sich an etwas stoßen – der »Wirklichkeit« oder einem schon vorhandenen Text, an einem Bild, einem Gesicht, einem Gefühl – und, immer, an der eigenen Sprache. Sie ist das große Trampolin, mitten in die Landschaft unseres Daseins gestellt. Mit seiner Hilfe bewegen wir uns, sehen, entwickeln eine Idee von »Horizont«. Der Absprung von ihr wird jedes Mal krumm, stets anders – so muss es sein.

A little boy said I read a new word today.

What did you say.

The little boy said I read a new word today.

What word they said.

You guess he said.

Guess that's a new word.

No said the little boy no not that.

That they said, that is the word you never heard.

Oh no said the little boy don't I know that.

Well they said it is know.

No said the little boy no it is not know cant you guess he said.

Is it guess they said.

No he said no it is not guess not at all guess and not yes not at all yes, please guess.

Is it please they said no he said, not please, you are just anxious to please.

Is it anxious they said is anxious the new word you just read.

Yes said the little boy anxious it is, that is the new word I read.

Yes they all said.

And they were so pleased that they had guessed.

Ein kleiner Junge sagte ich las ein neues Wort heute.

Was hast du gesagt.

Der kleine Junge sagte ich las ein neues Wort heute.

Welches Wort sagten die Leute.

Das müsst ihr raten sagte er.

Raten ist ein neues Wort.

Nein sagte der kleine Junge, nicht auf diese Weise, nein.

Das sagten sie, das ist ein Wort das hast du noch nie gehört.

Oh nein sagte der kleine Junge ich bin weder ein Waise noch verstört.

Gut sagten sie es ist Waise.

Nein sagte der kleine Junge, Waise ist es nicht könnt ihr nicht weise raten sagte er.

Es ist raten sagten sie.

Nein sagte er nein raten ist es nicht im geringsten raten riecht ihr nicht den Braten nicht im geringsten den Braten, das gefällt mir nicht, erneut müsst ihr raten.

Ist es gefallen sagten sie nein sagte er, da seid ihr reingefallen ihr seid nur darauf erpicht aufzufallen.

Ist es erpicht sagten sie ist erpicht das neue Wort das du gerade gelesen hast.

Ja sagte der kleine Junge erpicht ist es, das neue Wort, das ich gelesen habe. Der Braten sagten sie alle.

Und es gefiel ihnen so gut: sie hatten's erraten.[8]

Gertrude Stein, stundenlang im Garten. Ein festes Ritual, nachmittags. Sie denkt nach über das was sie schreiben will weil sie es weiß aber noch nicht sagen kann was sie wissen will wird sie es schreiben wenn sie kann. Oder wen wird sie schreiben wenn sie wird. Oder wird es sie schreiben oder wenn sie es kennt sagen wie es ist wenn sie es kennt wie sie wird.

Wer schreibt, so dass Lust aus kleinen Regelverschiebungen, aus Homophonie, Misshörungen und Zungenrutschern entsteht, bewegt sich an den Nähten der eigenen Sprache entlang. Steins »Übersetzungs-Texte« sind in diesem Sinn mit dem Englischen vernäht. Allein durch Abstoß von seiner Textur ist es möglich, die Steinschen Steine in die eigene Sprache hinüberzu*springen*, wobei das Verständnis der angesprochenen »Dinge« nicht unverändert bleiben kann, bietet sich doch jedes in jeder Sprache als Sprachstruktur, als Knotenpunkt in Lauten und Grammatik naturgemäß anders dar.

> Oh potatoe, oh toe.
> Oh Püree, oh Zeh.

Nach zwei Tagen in Oxford wusste ich, für immer, was Steckdose heißt. Und, how nice, Adapter hieß ganz einfach adapter. Bei meinem ersten Besuch im Krimskramshop am Martyrs' Memorial begriff ich allerdings, dass Adapter etwas sind, was man nicht benennen, sondern erkennen muss, weil es keine Angestellten gibt, die einem das Ding heraussuchen. Auf dem Rückweg von meinem fünften Elektroladenausflug ins College begriff ich den Namen Martyrs' Memorial ganz neu. Irgendwann – der Altphilologe war, allemal für einen Altphilologen, ungemein praktisch – floss dann aber doch Strom, brannte Licht. Ein Name (plug), ein elektrisches *gadget* (der Adapter) und ich hatten zueinandergefunden, und alles ging gut, ja, hervorragend, bis ich gegen Ende des Studienjahres auf die Idee kam, der weltweiten Inselsprache zum Dank für all das Gelernte auch etwas zurückzugeben. Lange dachte ich über ein geeignetes Geschenk nach, in einer Runde englischer Freunde, die Literatur oder Philosophie studierten, fühlte ich mich schließlich sicher genug to put my foot in it, und führte »teutonisch ernsthaft«, wie es später hieß, das schöne Wort »thingliness« in die englische Sprache ein.

Es wurde mein größter Erfolg, zumindest was Lautstärke und Dauer des Lachens meiner Kommilitonen betraf. Betrübt fuhr ich zwei Tage später nach Deutschland zurück, doch das verwunderte Nachdenken über mir unversehens zugewachsene und abhanden gekommene Sprachorte hörte damit keineswegs auf. Überraschenderweise fand man mich auch »zu Hause« nun viel komischer als vor meinem Inselaufenthalt. Schon beim ersten Elternbesuch rutschte mir in Bezug auf den Familiendackel ein ernstes »der ist in Liebe gefallen« heraus. Allgemeines Gelächter. Dabei stimmte es: der verliebte Geck stapfte Richtung Nachbarszaun, als wäre er eben einem Farbtopf entstiegen – jedes Bein hob er bewusst, die Pfoten wirkten knallrot, er wirkte benommen und selig. Vermutlich gefiel mir die kleine Vorführung, weil auch ich in einen Topf gefallen war und nun, humming and hawing, auf ein zaunartig aufgespanntes, zu einem Netz verwobenes Ding zustapfte, in das ich mich verliebt hatte. Ein Ding von gewaltiger Undinglichkeit: language. Sprache. Tongue.

Frau Bachmann

und der Schwindel im Erzählen

Die Täuschung der Bilder

Als die zweite Ausgabe des Erzählungsbandes *Das dreißigste Jahr* erschien, war ich vier. Der Besuch von Cousine Kathleen stand bevor. Aus Kanada. Mein schwarzer Hase zerkratzte ihren Arm, ich lobte ihn sehr dafür, Kathleen war ekelhaft, sie setzte sich auf meines Vaters Schoß.

Tante, Kathleens Mutter, schenkte meiner Mutter zum Dank für den Aufenthalt ein Bügelbrett. Für den Einkauf wurde ich mitgenommen und zum Geschmack meiner Mutter befragt. Ich erinnere mich, dass mir das Bügelbrett komisch vorkam, der Geschmack dieser Frauen ebenso. Doch ein Bügelbrett war etwas ganz Neues, Amerikanisches. Nur, diese Blümchen?

Man sieht: ich habe bis heute keine rechte Meinung zu Bügelbrettern, aber noch immer eine zu Kathleen.

Sie sprach Englisch. Ich nicht. Der Hase kratzte, das verstanden wir beide. Kathleen stieg auf den Kirschbaum im Garten, das durfte sie nicht, zur Strafe wurde sie ins Klo gesperrt, da hüpfte sie aus dem Fenster, das durfte sie auch nicht, aber ich musste zugeben, das war gut.

Ihre und meine Mutter waren in Bachmanns Alter.

1966. Bachmann lebte in Rom und schrieb an dem Todes-artenprojekt.

Die Tante sprach Deutsch mit leichtem Akzent. Einer der schlesischen Onkel war nach dem Krieg ausgewandert, und jetzt besuchten sie uns im Süden Deutschlands, damit die Kinder sahen, wo ihre Eltern herkommend nicht hergekommen waren. Kathleen saß auf der Kirsche, hielt sich Blätter wie Finger vor das Gesicht und flüsterte Worte hindurch, die ich nicht verstand. Der Krieg war 21 Jahre vorbei. Es war Nachkriegszeit. Noch immer in einer Art Vorstufe. Die zündete zwei Jahre später.

All dies ist lange her. Doch wir sind es gewohnt, Frau Bachmann auf Fotos maximal als 45-jährige zu sehen, als 30-, als 20-jährige. Wer früh stirbt, altert nicht recht. Und wir, die es besser wissen könnten, vergessen über den Bildern die wirklich vergangene Zeit. Fotos täuschen, wir folgen gern.

Folgen wir nicht, müssen wir uns Frau Bachmann heute als über 80-jährige vorstellen. Runzelige Wangen, faltige Stirn – oder geliftet? Mit blond gefärbten Haaren? Noch kleiner als früher, doch weiterhin eine, die Taschentücher oder Schlüssel fallen lässt, vielleicht weil sie zittert, nun, oder eine alte Gewohnheit nicht aufgeben kann, nicht mehr bemerkt? Der Versuch, sich diese Figur vor Augen zu führen, scheitert schnell – eben dadurch stellt sich ein Gefühl dafür ein, wie alt die Texte dieser Autorin, in etwas wie »einem Leben« gerechnet, tatsächlich sind. Und etwas Zweites zeigt sich: die Vorstellung, die wir uns vom Verfasser eines Textes machen, beeinflusst unsere Lesehaltung in nicht wenigen Fällen stärker, als uns (zunächst) bewusst sein mag.

Das ist so, obwohl (oder gerade weil?) Autoren schwer greifbare Wesen sind: mal eruptiv lebendig, dann wieder in den Medien für scheintot (oder tot) erklärt. Sterben sie schließlich tatsächlich, sterben sie nicht recht. Zwar glaubten wohl jene, die den Tod des Autors vor Jahren proklamierten, selbst nicht zur Gänze daran, wussten sie doch, dass wir Textverfasser doppelt brauchen: als juristisch-soziale Funktion und als Autoren-Figur im Buchbetrieb. Mit ihr ist das noch oder ehemals lebendige Ich gemeint, aus dessen Widerspiegelung in Fotos, Interviews, Selbstauskünften, Filmen und Fremdberichten jene als »Autor« bezeichnete Person geschaffen wird, die wir zu kennen meinen. Die Autorenfigur Ingeborg Bachmann hier – dort Fräulein Bachmann, privat in Rom, Sommer '66, auf dem Weg zum Friseur, vielleicht an einem Kirschbaum vorbei. Und doch abgelichtet, erwischt, lächelnd entdeckt.

Bachmann wurde zur ersten Medienautorin des deutschsprachigen Raumes. Ihr Pech oder Glück, dass sie davon nichts und später nur wenig wusste. Ihr Pech oder Glück oder eben ihre persönliche Signatur: dass sie in Lebensäußerungen und Texten die Grenzen zwischen Autor, Bild, Funktion und biographischem Ich verwischt. Während hier »schweres Ich« und Bildich, sich reziprok beeinflussend, verschmelzen, Innen- und Außenseite ununterscheidbar werden wollen und eine Autorenfigur entsteht, die *überall* ist, kann man an einer anderen, oft übersehenen Stelle eine Spaltung eben dieser Figur beobachten. Der aus Leben und Bild amalgamierten Gestalt, die Medien produzieren, tritt eine zweite, geheimere zur Seite, die sich aus den literarischen Texten selbst erschließt. Hier also die junge Frau auf dem Cover des *Spiegel* 1954, hier Bachmanns letztes Interview, da die Aussagen der Familie, Freunde, ein Fernsehauftritt – und dort der Schattenwurf im eigenen Werk. So ist, um der Autorin Bachmann auf die Spur zu kommen, eine mehrfache Bewegung nachzuvollziehen, sind eine bio-mediale Autorengestalt und eine den Texten implizite Schreibfigur zu zeichnen.

Zündungsstufen

1966: Cousine Kath, im Kirschbaum, legt das Gesicht in die Hände und spricht hindurch. Ich, vier Jahre, Analphabetin, stehe am Stamm, lausche und weiß nicht, ob es mir gefällt. Das dreißigste Jahr ist etwas, wohin ich nicht einmal zählen kann. Es existiert nicht.

1977: Ich lese *Das dreißigste Jahr*. Die Autorin ist tot, aber ich glaube, das wusste ich nicht bzw. es war mir egal.

1984: Wiederlektüre. Was als Feuertod Bachmanns galt lag elf Jahre zurück. Das schien mir lang, anderen nicht, jetzt wurde die Autorin wiederentdeckt. Ihre Erzählungen gefielen mir ganz gut, aber ich erinnere nicht, warum. Mein dreißigstes Jahr war sichtbar, doch noch weit entfernt. Ich konnte allerdings verstehen, dass man da eine Krise bekommt, vielleicht auch als Mann. Helmut Kohl, fast zweimal 30 Jahre alt, regierte die Bundesrepublik, Maggie Thatcher steuerte den Falklandkrieg, Reaktor Vier in Tschernobyl lief wie geschmiert, ich benutzte meinen zweiten Computer – das war Revolution.

Um die komplexe Chiffre »Bachmann als Autorin« zu lesen, muss man zunächst zurückspringen, über eine mediale Grenze hinweg.[1] Jene Einschnitte, im Zuge derer auch Auffassung und Verständnis von Autorschaft sich massiv ändern, gründen auf Entwicklungen bereits der 50er Jahre, jener Zeit, die alle Erzählungen des *Dreißigsten Jahres* bestimmt. Hörfunk und Film, dann das Fernsehen, endlich der Computer und andere digitale Anwendungen schaffen eine neue Situation auch für die Literatur. Noch während Bachmanns Werk erscheint, wird ein zeitlicher Sturm entfacht, der seit der letzten Erstveröffentlichung der Autorin 1972 mit uns allein weitergefegt ist in eine verschaltete, im Zeichen der Virtualität, der Genetik, der Werbung und der Spekulation sich darbietende Welt.

Bachmann aber positioniert sich am anderen Ende dieser Entwicklung – sie folgt einem Modell von Autorschaft, das bereits alt, ja überholt ist, als sie auf den Plan tritt. Es fasst den Autor als Seher, Leidenden, Rufer. So einer sagt Sätze wie »die Wahrheit ist dem Menschen zumutbar«. Andere collagieren, experimentieren mit Auge und Ohr. Und die alten Metaphysiker, etwa Gottfried Benn, sind ironisch-lakonisch geworden. Da ist das Wahrheitsrufen der noch nicht einmal Dreißigjährigen, gepaart mit dem Beharren auf einer tragischen Biographie, durchaus eine konservative Installation. Und ein Köder, der mit der Neugier des Publikums und seinem Voyeurismus spielt. Ein unablässiges Kreisen um Inszenierungen aus dem eigenen Lebensweg: *Das dreißigste Jahr* beginnt damit, der zweite Erzählband, *Simultan*, hört so auf.

Bachmann glaubt an den Köder Authentizität – er funktioniert lange Zeit; spät erst werden die Zerrungen etwa in ihren Darstellungen des Hitlereinmarsches in Klagenfurt entdeckt –, glaubt also an diesen Köder, kalkuliert, und verkalkuliert sich doch. Der erwähnte mediale Umbruch greift nach ihrem Leben. Versuchen wir, uns die Welt »davor« noch einmal vorzustellen, eine Welt nur mit Radio, Telefon, Brief und

Telegramm. Ohne Computer, ohne Fax. Eine Welt, in der Flüge langsam sind und sehr teuer. Eine Welt ohne Simultaneität oder Globalisierung. Eine Welt ohne Farben im Bild – Bachmann besaß keine Kamera und soll überhaupt nur ein einziges Foto in ihrem Leben gemacht haben. Und da hebt der *Spiegel* sie im Sommer 1954 auf den Titel. Rote Unter- und Oberleiste, das Bachmannporträt schwarz-weiß. Man sieht, wie stark geschminkt die junge Frau ist. Ihre Lippen leuchten grell-schwarz.

Spätestens jetzt tritt die Autorenfigur in mehrere *personae* auseinander. Dass ich zunächst mit dem äußeren Bild fortfahre, ist kein Zufall. Es ist der Fall Bachmann. Das Bild hat sich vor die Lektüre ihrer Texte geschoben; die Autorin aus Klagenfurt ist die erste, die nach dem Zweiten Weltkrieg auf diese Weise neu in den Fokus unserer Bildverfertigungssüchte, unserer Klatschlust, unserer Überblendung eines Werkes durch eine Figur, unserer Blendung, geraten ist.

Außenbilder

Bachmann ließ sich abbilden, herrichten, hatte Lust daran. Die Rollenmodelle, auf die sie Bezug nahm, Sylvia Plath, Maria Callas, tragische Heldinnen, jung, pathetisch, schön, passten allerdings nicht recht. Bachmann war zu intelligent, um nicht zu merken, was geschah. Doch konnte sie es nicht steuern, weil solche Medien niemand steuern kann, außer er ist – von Anfang an – ein Fuchs, und selbst dann kollabiert der Zauber irgendwann.

Dann bist du das Kaninchen im Kreuzungsfeld immer schnellerer Blicke, Meinungen, Bilder. Natürlich ist das auch eine Frauenrollen-Schmiede. Bei Nelly Sachs wurde gern diskutiert, was sie trug; wie im Herbst 2005 bei Frau Merkel. Warum sollte es Bachmann anders ergehen? Es hieß: sie sonnte sich. Hieß: sie hatte das und das und das, und das hatte sie nicht, nicht einmal an, oder bei sich, und in sich erst, und sie stellte sich hin und ließ sich beleuchtet sein.

Was das heißt, macht auf frappant direkte Weise der erwähnte *Spiegel*artikel deutlich. Er hat Qualität, denn er bringt die Dinge bis heute auf den Punkt. Sein Autor kämpft. Mit Rom und den Dichtern dort. Bachmann erscheint ihm überintellektuell, aber auf einem guten Weg zu mehr Sinnlichkeit – dem Süden soll es zu danken sein. Die alte Karte Intellekt versus Gefühl wird gespielt. Dann, zum Ende, die Karte Tod. »Todestrunkene Verse« von Plathens werden als Bachmanns Lieblingszeilen zitiert. Das ergibt eine kohärente Geschichte. Wie sie entsteht, wird ebenfalls erwähnt, in einem Nebensatz. »Auch das möblierte Mädchen erscheint als Symptom.«

Eigentlich ist die Rede vom Wohnen zur Untermiete. Doch bezeichnet der Ausdruck, gerade als Symptom, exakt, was mit der Person Bachmann auf dem Weg zur Autorinnenfigur Bachmann vor sich geht. Sie wird eingeräumt. Schubladen werden in sie geschlagen, damit sie in sich einräumen lässt, wer sie sein soll/darf/kann.

Hier hören wir von Bachmanns Liebhabern, Lippenstiften, ihrer Hilflosigkeit, einem Führerschein, dessen Existenz sie leugnet, Taschentüchern, Flugangst und einem Hang zu Frisiersalons. Die Hilflose, das Weibchen, das fallen ließ, was Männer aufheben sollten, zerstreut, unfähig, auf Fahrradtouren in den Grunewald von Hans-Werner Richter und Uwe Johnson in die Mitte genommen, zum Schutz, doch wovor? Das Bild der Zarten, Scheuen wurde Bachmann aus einem traditionellen Dichterinnenklischee heraus zum einen gewiss suggeriert. Sie nahm es aber auch bewusst an; als Kontrapunkt zu dem »überintellektuellen Fräulein« etwa, das der *Spiegel* in die Welt gesetzt hatte. Rollenspiel und Echtes, in gutem Glauben Erinnertes und geschickt in den Literaturbetrieb Eingeschleustes überkreuzen sich hier zum Nutzen sowohl der Autorin als auch ihrer Rezipienten.

Es geht nicht darum zu fragen, was daran echt war, was bewusst gespielt, viel wichtiger ist: warum und wie werden diese Geschichten weiterhin erzählt? Für Autoren heute ist der Inszenierungsraum gewiss größer, als er für Bachmann war. Ebenso aber wird höhere Bewegungssicherheit im Umgang mit diesen Inszenierungen verlangt. Sie verbreiten sich schneller, sind marginaler und doch sehr nützlich oder schädlich und manchmal beides zugleich. Aussehen des Autors, Gesten und Vitendarstellung: nicht allzu konventionell, aber auf jeden Fall, wie auch bei Bachmann, politisch korrekt (damals etwa: unbelastet von der Vergangenheit, eher Opfer, keinesfalls Täter). Und die Rollen für Frauen, allemal Dichterinnen – beweglicher? Ich bin mir nicht sicher. Die Oberfläche möchte so scheinen. Und doch fehlt, manchmal schmerzlich spürbar im Schreiben, eine durchgängige weibliche Gedichttradition, sind unsere »Fachsprachen« eng, werden für Autorinnen gern Attribute wie fleißig oder intelligent verwendet, während Autoren produktiv und erfinderisch heißen. Es torkelt, torkelt, das Kriterienboot.

Alles nur Gerücht?

Adolf Opel berichtet in seinem Buch *Wo mir das Lachen zurückgekommen ist,* wie Bachmann '64 zu ihm nach Athen flog. Sie kam durchs Gate und erzählte sofort, man habe sie, vor Flugangst am Rande eines Nervenzusammenbruchs, in der Maschine erkannt und daher zu den Piloten ins Cockpit gebeten.

Kaum gelandet, macht Bachmann sich, wie übrigens auch in ihrem weiteren Athenaufenthalt, vor dem neuen Liebhaber zu einer Gestalt, um die Geschichten von Autorschaft und Fama gestreut gehören.[2] Nur weil sie Autorin ist, wurde sie von der Stewardess bevorzugt behandelt. Ohne die aus dem Schreiben abgeleitete eigene Berühmtheit kann Bachmann die Reise zu ihrem neuesten Mann nicht antreten.

Vielleicht ist das traurig. Vielleicht beeindruckend – ein Beispiel von Hingabe an einen Beruf. Vielleicht ist es beides.

Sicher aber ist falsch, Bachmann als bloße Gerüchtgestalt zu bezeichnen. Geschichten wie die soeben erzählte tragen dazu bei, doch eine Erklärung des Bachmann-Bildes als reine Fama verharmloste die Inszenierungsprozesse, die hier, von mehreren Figuren zugleich, betrieben werden. Es verfehlte zum einen die Interaktion zwischen innen und außen in der Person, die sich auf solche Weise möbliert. An Opels Geschichte ist nicht primär spannend, ob sie wirklich geschah (und was für eine Art von Flugangst sich bessert, wenn man im Cockpit sitzt), sondern warum Bachmann sie erzählte, bzw. warum Opel sie sich merkte und sie wiedererzählt. Zum anderen übersähe es den literarischen Ort, an dem man einen Autor, jenseits aller (laut)stillen Post aufsuchen kann: seine Texte. Dort ist der Autor nicht Gerücht, sondern eine Figuration im Geschriebenen selbst, ein Schattenwurf aus Schrift.

Folgen wir der Spur ›Bachmann als Medienautorin‹ auch hier, in ihren Texten. Medien wandern in den zweiten Erzählband *Simultan* aus dem Jahr '72 ein. Eine Dolmetscherin geht auf Reisen. Eine Fotojournalistin sucht *Drei Wege zum See*. Allerdings beherrschen die Kategorien der alten Welt den Stoff: auch bei Nachrichten dreht es sich um Wahrheit, Moral, Belehrung, Gewissen. Dass beide Erzählbände Bachmanns Zeittitel tragen, ist vielsagend. Zeit bleibt eine ihrer Fragen: Vergehen und Stillstellung, Zählen und Aufhebung der Zählung, holpernde Gegenwart und eine Zukunft, die unter den Händen Vergangenheit wird.

Die Prosa Bachmanns ist, wie die Überzahl ihrer Gedichte, dieser Vergangenheit zugewandt. Dazu: das alte Autorenrollenbild, die überkommenen Formen, Strophe und Reim. Dem literarischen Betrieb geht das zunächst runter wie Öl. Die Kehle ist trocken, und jemand wie Bachmann, Zitat *Spiegel* »Nachwuchs, elegisch, schön«, ist, was man braucht. Eine junge Frau, dank des Geburtsjahres politisch in jeder Richtung unbelastet, und doch von der Vergangenheit berührt. Die Karte Persönlichkeit, Authentizität, Österreich, zieht.

Und heute? Ich höre in Bachmanns Texten, nicht als »als ob«, sondern gewollt direkt, einen persönlichen Schrei. Und ich glaube ihn nicht. Er ist gemacht. Da will jemand Opfer sein. Ich finde das aufdringlich. Doch wenn ich mich überwinde, das Schrei-Zitat und meine eigene Reaktion darauf noch einmal betrachte, spüre ich nicht nur die Inszenierung dieses Schreis, sondern auch, darin, ein Taumeln des erzählerischen Ganges.

Hier horche ich auf. Hier scheitern die Texte. Hier sind sie interessant. Hier setzt die Autorfigur ein, die man aus der Fiktion selbst lesen kann. Wir haben gelernt, dass nicht der Autor im Text spricht, sondern der Erzähler. Richtig. Ich meine mit Autor-im-Text etwas hinter dem Erzähler: jene auf den Boden des lesenden Gehirns gespiegelte Figur, die das Arrangement betreibt, den Erzähler und seine Bewegungen erfunden hat.

Mit ihr gelangen wir aus den Bildgeweben zurück zur Literatur. Dort fühlen wir auch uns selbst. Sehen etwa, wie wir früher auf einen Text blickten, wie Zeit verstreicht, über ihn hinweg, in uns. Neue Teile treten hervor, andere gehen unter, jenem Spiel der Achterketten von Nullen und Einsen gleich, die aktiviert werden oder nicht, die leuchten oder nicht, in verschiebbarer Schrift auf einem weißen flüssigen Feld.

Die innere Figur: Taumel

Frau Bachmann hieß, solange Ingeborg Bachmann lebte, Olga. Olga Bachmann, geborene Haas, ließ sich, wie gesetzlich vorgeschrieben, den Namen ihres Mannes verleihen oder auch borgen, und borgte kurz darauf den eigenen Namen weiter an Tochter Nummer I, die als zu INGE verschobene OLGA samt hinten ehrlich- oder bedrohlicherweise angehängter Borgsilbe durchs Leben lief. Dem so geschaffenen Fräulein folgte kurz darauf ein zweites, dessen Vorname ebenfalls mit I begann. Die zwei I. Bachmann, gleich blond, sichtbar ähnlich, waren bereits in der Pubertät, als Bruder Heinz erschien. Frau, Fräulein und Fräulein Bachmann wurden weiterhin sauber getrennt, bis die Schwester »Zweites I.« heiratete, und das erste Fräulein I. so alt wurde, dass es allmählich Frau Bachmann hieß, während Frau Bachmann, die Mutter, weiterlebte. Dann heiratete der Bruder, und jene Frau Bachmann, die man nicht war, aber dank des Alters genannt wurde, wurde eine andere, während man selbst als signorina-signora der doppelten Frau Bachmann, Mutter und Bruderfrau, entfloh. Immerhin klang er anders aus römischen Mündern, dieser Name mit dem Mann am Ende, den es als Ehemann nicht gab, sonst wäre man den Namen längst los gewesen oder hätte ihn auch verloren gehabt.

Spreche ich über Bachmann? Ja und nein. Ich spreche über die Namens- und Frauenkonstellation ›Elisabeth‹ in der Erzählung *Drei Wege zum See.*

Sie beendet das Buch *Simultan.* Als es 1972 erschien, hatte eine kleine Revolution stattgefunden, es gab einen Krieg in Vietnam, Hasch, Pop, langes Haar, Olympische Spiele, internationalen Terror, Ölkrisen und Frauen, die jünger waren und kürzere Röcke trugen. Frau Bachmann lebte in Rom, einer Umgebung voller alter Steine, katholischer Köpfe und Körper. *Simultan* enthält fünf Erzählungen, es sprechen nur Frauen, während doch im *Dreißigsten Jahr* fast ausschließlich Männererzähler Stimme erhielten. Die neuen Texte sind direkter und fiktiver. Bachmann hält am Thema Sprache und Namen fest; dem metaphysischen Traum von Wahrheit steht nun ein anderer zur Seite, der von Liebe. Beide allerdings haben einen gemeinsamen Fluchtpunkt; er heißt Schuld.

Der Titel *Drei Wege zum See* führt in die Irre. Es gibt viele Wege zum Wörthersee, doch alle sind verbaut oder lebensbedrohlich. Elisabeth Matrei rutscht ab, läuft los, rutscht ab. Alt sind die Wege, alt der Vater, er geht nicht mehr aus, sie aber rennt, frisch aus London angereist von der Hochzeit des

Bruders mit Liz, Elizabeth mit vollem Namen, jetzt Elizabeth Matrei, eine kleine Ausspracheverschiebung im Vergleich zur österreichischen Elisabeth, die in Frankreich lebt, nicht isst, immer dünner wird. Diese Elisabeth will zum See, doch der See ist weg. Stattdessen liegt da ein neuer, mit Touristen und Autobahn. Das Land scheint ihr geschrumpft, allein in der Erinnerung ist es dick. Mit anderen diskutiert sie, ob man schlimme Nachrichten mit Fotos illustrieren darf; Elisabeth, im Berufsalltag Journalistin, glaubt, dass Bebilderung aufklärt und hilft. Liebhaber hat sie, doch der einzig Geliebte, Trotta, lebte ganz in der Vergangenheit und brachte sich um. Entstiegen ist er, als Figur, Joseph Roths Romanwelt, groß war da das Land K+K; überblendet wird Trotta mit Zügen Paul Celans, und am Ende noch einmal überhöht durch einen engelhaften slowenischen Vetter, der einen Zettel herüberschiebt, auf dem etwas von Liebe steht. Verfehlt, vergangen, ungelebt. Das Verhältnis mit Philippe ist Ersatz. Heimat und Fremde drehen umeinander, in allen Beziehungen wird gelogen, allein die Landschaft am See lügt nicht, aber weil Elisabeth eben das nicht erträgt, lügt sie den Vater an und reist ab.

Ich lese diese Erzählung wieder, mit 44, und denke nach drei Seiten: die Hauptfigur ist magersüchtig, warum habe ich das früher nicht bemerkt? Ich sprach von Taumel, hier zeigt er sich. Es taumelt nicht nur Elisabeth, sondern auch die Schattenstimme der Regie, die Autorschaft. Fäden wie Nervosität und Essstörung werden ausgesponnen, dann aber vergessen. Liegen da wie Wege, nicht beschritten im Bedeutungsgefüge des Textes. Bachmann selbst lobte, etwa in Bezug auf Sylvia Plaths *Glasglocke*, die »unheimliche Präzision«, mit der dort ein Krankheitsbild dargestellt sei, während andere Autoren einfach »x-beliebige Wahnvorstellungen« zusammenstückten.[3]

Und bei ihr selbst nun dieses Schwanken? Der Schwindel in der Entwicklung der Figuren? Ein Mangel – oder unerhörtes Vorgehen. Es ist jene Stelle, an der ich etwas höre, was nicht inszeniert ist, was mich berührt.

Sehnsucht bestimmt den Text. Unfähigkeit der Protagonistin, sich mitzubewegen in dem, was ist oder kommen mag; Sehnsucht nach etwas, das war und unterging. Obsessiv ziehen Bruderliebe, Opfersein, Täterwerden, religiöse Deutungsschemata, Naturzerstörung, Selbststilisierung ins Geschriebene ein. Die Erzählbewegung wird fahrig. Etwas beginnt, nimmt einen Bogen, biegt sich erratisch zurück – auf literarische Vorgänger, auf journalistische oder hochlyrische Texte, auf Figuren aus der eigenen Affären-Biographie.

»Wo kommst du her?« In manchen Landstrichen sagt man stattdessen »wo kommst du weg?«

Dies ist die Frage, die sich weder für Elisabeth noch für andere Figuren im bachmannschen Namenskarussell, einschließlich der Autorin, je löst.

Im *Dreißigsten Jahr* spielt eine weitere Verschiebung sich ein: die des Geschlechts. Sieben Texte enthält der Band. Die Protagonisten sind männlich. Erst in der fünften Erzählung agieren zwei Frauen, mit dem Ergebnis, dass jene, der von der anderen Liebe angetragen wird, sich nicht nur in eine männliche Sex-, sondern auch in die männliche Genderrolle begibt. Schon spricht wieder ein Mann, der diesmal allerdings aussieht wie eine Frau. Namen splitten sich auf, drehen sich um. Inge borgt, erfindet, versucht. Geschrieben wird aus Programmen, die Figuren scheinen vor allem dazu da, bestimmte Lebenshaltungen zu verkörpern. Am deutlichsten tritt dies in der *Simultan*-Erzählung *Ihr glücklichen Augen* hervor. Am Ende fehlt etwas im Kern der Geschichte, eine innere Glaubwürdigkeit. Je öfter ich lese, umso auffälliger wird diese Aushöhlung bzw. Leblosigkeit; sie resultiert aus der Einseitigkeit der Rollenverteilungen, den zunehmend plakativen Täter-Opfer-Zuschreibungen, und nicht zuletzt aus der Bravheit und Erwartbarkeit der Erzählkonstruktionen des *Dreißigsten Jahrs*: immer steht eine Katastrophe am Ende der Geschichten, eine Lebensbedrohung, die gern als Unfall erscheint.

Schatten, getrieben über einen Text

Taumel. Das Wort gehört zur Gruppe um ›Dunst‹ und kommt von dem mittelhochdeutschen Verb *tūmen* »sich im Kreise drehen, schwanken«.

Wer sich im Kreis dreht, dem schwindelt. Kann sein, dass er fällt.

Schwindelt er auch?

Schwindel seinerseits bedeutet »Betrug, Täuschung, Unwahrheit« und »benommener taumeliger Zustand«.

Schwindel und Wahrheit werden, in der Drehung, eins.

Als ich 2006 begann, Bachmann wieder zu lesen, spielten meine Leseerinnerungen und mein Heute übereinander hin wie Wolken, deren schnellen Zug man auf einem Stück Erde sieht.

Schichten von Wolken, als Schatten getrieben über einen Text.[4] Bücher sind Gedächtnisarchive besonderer Art; manche lesen wir zwei-, dreimal und finden uns in unseren Lesespuren wieder wie in einem Paradox: dem eigenen, aber von einem anderen geschriebenen Tagebuch. Durch den Spiegel »das war ich, vor x Jahren«, sehen wir auf den Text und in ihm den Widerwurf einer anderen, sogenannt realen Welt, die bei Bachmann, sehr auffällig, stets eine vergangene ist. Aufgehängt am Nagel des Jetzt, der in die Wand geschlagen wird, werden muss, dort aber nicht stecken bleiben will. Denn der Sack, das Alte, Vergangene, das davon gehalten wird, wiegt schwer.

Bachmann wollte nicht wahrhaben, dass Hülle, Maske, Wahrheit und Subjekt sich veränderten, weil Wirklichkeiten sich verschoben, und mit ihnen Lebensrhythmen, Sehen und Sprache. Wollte nicht wahrhaben, dass Texte im Licht ihrer Medialität erscheinen, dass alle das sehen und eben darin, wie die Inszenierung gemacht ist, Echtheit sich ausdrückt, nicht im Wahrheitskern einer aufjammernden Psyche, eines Ichs, dessen Schreien durch die Medialität, die mit sichtbar wird, wie ein Zitat wirkt. Auch weil die Autorinnenfigur, also jene Fiktion, die aus dem Werk heraus als Person geschrieben wird, und jene Person, die das leben musste oder sollte, miteinander verschmolzen wurden, nicht zuletzt von Bachmann selbst, fiel ihr der eigene Weg schwer.

Gelobt und zerrissen, hochgehalten, beschimpft. Welche Macht greift da nach dir? Ende 1965 übersiedelte Bachmann endgültig nach Rom. Trank und nahm Tabletten. Es berührt merkwürdig, mit diesem Wissen die den *Spiegel*artikel begleitende Werbung zu betrachten. Einmal wird eine Kleinbildkamera angepriesen, der Rest bejubelt Tabletten, Chemie, chemisches Heil.[5] Man erkennt auch darin, was man Zeit-Geist nennt, oder Zeitmarkt; man erkennt die mediale Bruchlinie, in der Bachmann steht und spricht, egal, ob als Mann oder Frau, oder Frau mit oder ohne Mann im Namen oder im Lebensgefolge. Einsam sein? Während der Berliner Zeit fuhr die Autorin regelmäßig Rad im Grunewald: vorneweg Hans-Werner Richter, dann die Dichterin, dann

Uwe Johnson, sorgsam hintereinander, in Schlangenformation. Drei Figuren, drei Kalligraphien, seltsam lesbar-unlesbare Zeichen verschwinden in die dunklen, nacktholzigen Kiefern hinein.

Scheinwerfer Autorschaft

Der *Das dreißigste Jahr* eröffnende Text, *Jugend in einer österreichischen Stadt*, eine biographisch-religiös überformte Glosse, handelt nicht vom Schreiben, doch taucht es gegen Ende auf, in einem Bild:

> Wo die Stadt aufhört [...] kann man sich niederlassen einen Augenblick und das Gesicht in die Hände geben. Man weiß dann, daß alles war, wie es war, daß alles ist, wie es ist, und verzichtet, einen Grund zu suchen für alles.[6]

Wer das Gesicht in die Hände legt, spricht durch die Finger. Zunächst sind es die eigenen Hände, und man versucht, indem man schreibt, Mund und Mimik durch sie hindurch in Schrift zu verwandeln. Diese aber legt man in fremde Hände. Man schlägt nicht die Hände vor das Gesicht, sondern gibt das Gesicht in die Hände – anderer. Eine Gabe, ein Risiko auf beiden Seiten, ein Stück Verantwortung, gerade auch in Bezug auf die Spannung zwischen einem Lebensbogen und uns. Zwischen Rollenspiel, Frauen- und Autorinnenrollen, und dabei liegt die Betonung nicht auf dem Geschlecht, sondern auf dem Beruf, zwischen Außenbild und Insichsein. Und der Absonderung einer Figur, die Fiktion wird, obwohl und während man sie lebt.

Der Ingemann. Die Borgbach. Der Bachborg. Wie von intelligenten Automatismen gesteuert sehen die Wege der Figuren in vielen Bachmannerzählungen aus. Etwas Widergängerisches, Gespenstisches, insbesondere auch, wenn man heute die feministischen Lektüren der 80er Jahre betrachtet und sieht, wozu wir Autoren (ge)brauchen. Bachmann versuchte etwas zu ihrer Zeit radikal Neues: sie projizierte den Nationalsozialismus in den Einzelnen – und dort auf dessen Geschlechterbeziehungen. Dies ist, samt der darin enthaltenen Analyse und ihrer Zeitanfälligkeit, ein ganz eigener, nicht oft anzutreffender Anteil literarischer Arbeit. Ich behaupte dies nicht, weil ich etwas allen anderen Unzugängliches über Frau Dr. Bachmann wüsste, sondern weil ich rückschließe auf eine Autorinnenfigur, deren Profil sich darin abdrückt, wie sie Erzählperspektiven halb erfindet, nicht von sich lösen kann, schwankend führt, verliert.

Führen, verlieren. Im Deutschen ist das, seltsam genug, ein Reim. Drehbewegungen beginnen. Ein Derwischtanz, den man entbunden hat, ohne zu wissen, was geschieht. Derwische tanzen, indem sie um die Achse des eigenen Körpers kreiseln. Sie tanzen, indem sie so kreiselnd umeinander kreiseln und in der gesamten Bewegung eine Kreislinie ziehen. Jeder von uns bräche allein von der Grunddrehung in Kürze zusammen. Möglich wird sie durch Meditation, die erlaubt, den Körper zu verlassen, um dem Schwindel zu entgehen, und ihn doch weiterhin zu steuern.

Derwische stürzen nicht. Kreiseln sie einmal, sind sie kaum zu kontrollieren. Lüge und Wahrheit, Taumel und Fall beginnen ihr eigenes Lebens-Kunst-Spiel.

Wir sehen im Falle Bachmann eine historische Figur – damit meine ich auch eine Bewegung in der Selbstauffassung einer Person und deren Inszenierung –, die sich auf Sand zeichnet, der bereits zu der Zeit, als die Figur gemalt wird, Treibsand geworden ist.

Heinrich Mann bezeichnete den Dichter als »Paria der Höhe«[6]; Gottfried Benn sah ihn bereits als biologische Endstufe des Niedergangs. Der Vertrag, demzufolge der Künstler als die eigene Welterfahrung exemplarisch setzender Künder erscheint, wurde vielleicht für Dichtung 1954 noch akzeptiert, zehn Jahre später war er gekündigt. Die Klagenfurterin setzte auf ihn, ein Stück Romantik, während ringsum Techniken der Moderne aufblühten, Hand in Hand mit der Medienentwicklung des Globus. Bachmanns Programm führte in einen Irrgarten, eine Ichverzweigung. Sie glaubte an Tiefenforschung, Ichzerlegung, Träume, Alpträume, Unterschriften und fabrizierte doch Ichs nebeneinander wie Zwiebeln in einem Netz. Manchmal sieht man sie in ihren Texten, im Schatten, aber Bachmann will sie nicht haben, löscht sie weg, es gelingt nicht ganz, so entsteht das beobachtete Taumeln. Angestrebte Allgemeingültigkeit verliert sich in Namens-, Ess- und Tablettenirrtum, Figuren entwickeln sich nicht wirklich, weil ihre geschriebenen Leben am Ende Monster-Opfer-Schemata illustrieren sollen, die Regie schwankt, weil die Autorin, nervös und überfordert, zu starr greift.

Nicht die Botschaft der Prosa, ihr Männerfrauenkampf, nicht ihre Sprache und nicht die Opferthematik gehen mich an, sondern dieses schwindelnde Ver-Suchen. Von ihm ist in den Erzählungen nicht die Rede – es wird zur Textbewegung selbst. Als solche stellt es eine Frage an uns, die Frage nach der Bedeutung und den Möglichkeiten von narrativer Erfindung.

Tatsächlich wissen wir erstaunlich wenig darüber, wie

Neues entsteht, und doch ist eben dieses findende Erfinden dem Autor Beruf. Unter welchen Bedingungen ein so unwägbares Können, nein, eine Möglichkeit, sich entfaltet oder verkümmert, einen Bogen nach unten beschreibt oder nach oben, weiß selbst jener nicht, der es an sich unternimmt. Man muss sich auf die Nase verlassen, auf Spürsinn, ein Spüren mit innerem Sinn; auch das kann in die Irre führen. Stöße von außen kommen hinzu, aus dem Betrieb, aus der Bilderfabrikation, wirken sich aus. Das Risiko übernimmt, wer als Autor spielt. Wir, die von außen darauf sehen, weil das die einzige Weise ist, es bei einem anderen wahrzunehmen, sollten bedenken, dass etwas Empfindliches sich zeigt. Etwas, das in seinem Kern menschlich ist – das wir, vielleicht gerade deswegen, nicht immer verstehen.

Ein Fragezeichen öffnet den Satz

Ich erinnere eine Frage aus der Schulzeit, die keiner beantworten konnte. Es war keine Mathematikfrage, keine Rätselfrage, nicht einmal die Frage nach einem Geheimnis, sondern eine über unser Wissen hinaus. Was macht es mit Toten, dass wir sie konservieren, sie immer wieder anhören, aufzeichnen, sehen?

Vor kurzem las ich: Am Ende sind die toten Dichter nur mehr Fragezeichen.

Schöne Aussicht? Besser als vergessen oder ganz festgeschrieben zu sein? Wir erinnern uns an Ingeborg Bachmann, nicht Frau Bachmann, speisen ein Konstrukt in Erinnerung ein und verändern es mit uns und uns an ihm. Fragezeichen zu sein ist eine gute Vorstellung: ein Zeichen im Satz, im Satzbau, im Sprachgefüge. Eine Schlange über einem Punkt. Etwas, das den Satz öffnet und hebt.

Für uns als Leser aber ist das Autorenbild, das wir uns machen, etwa von Bachmann, wichtig – über uns wirft es seinen Schatten, in uns wirft es sich zurück. Es enthält auch etwas von unserer Phantasie über uns selbst und unser Leben. Was bedeutet es, zu schreiben? Zu lesen? Welche Möglichkeiten räumen wir anderen – und damit auch uns ein? Wie möblieren wir den eigenen Kopf?

Dort, wo Möbel Möbel sind, möblieren wir nicht mehr, dort haben wir inzwischen raffiniertere Vorstellungen vom Zusammenfügen von Raum, Ding und uns selbst. Ausgerechnet mit unseren Köpfen aber verfahren wir lieblos. Stellen sie voll mit festgefahrenen Ideen, denken in engen Kategorien. Spüren schmerzlich, wie wir darin eingeschachtelt werden, von anderen. Und tun es selbst: an ihnen, und dann auch an uns.

Bachmann versuchte, die Schale, in die sie geschlüpft war, zu sprengen. Eben dieser Anstrengung ist zu verdanken, dass sie nicht zum Mythos erstarrte. Statt sich feststellen zu lassen, bleibt sie Teil einer umstrittenen Geschichte, denn die ständige Herrichtung der Welt lässt sich in ihrer Figur nicht verbergen. Während man in der Erzählstimme Belehrung und ein stetes »höre mir zu, ich sage die Wahrheit« spürt, taumelt die Autorinnenfigur, die Regie. Da glaubt jemand an einen Kern, an Wahrheit, Schuld, Vernichtung; im Erzählen aber misslingt diese Figuration. Die Injektion einer reinigenden mythischen Essenz in die Wirklichkeit funktioniert nicht, im Gegenteil: Schmutz, Lebensstoff, Abfall erscheinen.

Darin wird Bachmanns Werk interessant. Der Plan misslingt, etwas »dreht« durch. Und das Lebens-Kunst-Spiel, die

Inszenierung der Autorenfigur im Außenbereich, verschwindet vor den bizarr-echten, ungeschützten Bewegungen der fiktiven Schreibfigur.

Das Gesicht in die Hände gegeben. Cousine Kath, flüsternd, im Kirschbaum versteckt. Ein Stück Sehnsucht nach Geborgenheit drückt sich darin aus. Wir spüren sie im Lesen der Frau, die nicht Mann war, als Frau aber Männer(n) nachspielte. Die sich verschubladete, verlor, aufspannte, einriss, sich am Riemen riss, die Hände ins Gesicht schlug, das Gesicht in die Hände gab, den Kopf senkte, den Boden sah, die eigene Haut.

Seltsame, manchmal schwer erträgliche Buchstaben der Verwischung und des Exhibitionismus, des Spiels, der Koketterie. Das Gesicht in die Hände, die Hände vors Gesicht: aus Scham, Neugier und Lust.

Bachmanns Erzählungen werden so wenig fiktiv, weil sie ein Sprechen über sich selbst bleiben, nur im Modus eines anderen. Sie werden so wenig lebendig, weil sie nicht sprechen über einen anderen, dem man sich hingibt, um abzusehen von sich. Bachmann gibt das Gesicht in die Hände, lugt uns durch die Finger an. Damit spielte sie ein sehr zeitgenössisches Spiel, das Spiel der Authentizität, vermittelt über Biographie und Literatur.

Doch das Gesicht in die Hände zu geben ist auch eine Geste der Liebe, der Übergabe. Zu selten fühlen wir, dass Texte und damit Autorenbilder, die Leben waren, uns und unserer Lektüre anvertraut sind. Wir dürfen stehen und lauschen, ohne alles verstehen zu müssen.

Schauen wir noch einmal hin. Im Bild von Hand und Gesicht und ihrer Bewegung aufeinander zu ist Schreiben doppelt gezeichnet:

Ich gebe mein Gesicht, das, was ich sehe, erlebe, wahrnehme in meine Hände, um es euch zu sagen.

Und: ich gebe mein Gesicht, was ich bin, was ich war, was ich gewesen sein darf, in eure Hände, die ihr über mich sprecht, schreibt, mich lest.

Friederike Mayröcker, Luna in Sprachen

49 *Mondschübe nach Wien*

1. SEHE: altes weites Treppenhaus, Schnecken, Geringeltes:
Nattern, narrende knarrende Stiegen, an Farbkübeln vorbei,
wo es feucht riecht, vierter Stock Zentagasse Bezirk Margareten, dreht sich der Schlüssel im Schloss, schwarze Haare, vor
allem Vorhang, und den Mantel in der Ecke abgeworfen, gemeinsam einen schmalen Gang entlang, mitten in der Wohnung einen Gang entlang: wie sich das stülpt

2. Margareten, Garten, also Küchenort. Schatten von Gläsern, Tassen, Dosen, Krügen, Schatten von Henkeln, Schatten
von abgebrochenen Henkeln, wie sie würzt: eine ausgeprägte
Streukunst, Zerstreuung von Gedanken und Vorstellungen,
Komposition und Dekomposition auf engstem Raum

3. denke, ich folge dem schwarzen breiten Rücken in das
Zimmer, in dem sie arbeitet, sagt sie, Bücher auf den Rega-
len unter- und ineinander, Rücken an Rücken, manche bleiben länger hier, sagt sie, zeigt auf lose Blätter, Hefte, Zettel,
Notizen, Notate, in Wäschekörben, die Klammern halten die
Stöße zusammen, sie lacht, als ich Schöße sage, Frackschöße,
sie mir voran, »Männin«: so fetzen hier die Gedanken, schrei-

en »die Vögel, die ohne Leiber vorm Fenster vorüber« (solche Gäste, oder Garten). Ich sehe sie an: Dreiviertelprofil, Wäscheklammern halten ihr das Haar, schwarz, elektrisch. Worin Gedanken sich fortsetzen? Womit sie aufgefasst sind?

4. Das Zimmer. Wie sich alles ineinander verkeilt, eine beißende Wirklichkeit hier angeklammert, auch ein großer Arbeitstisch, der untergeht, zweiter Arbeitstisch, der untergeht, neben Wäschekörben, ineinandergeschoben, ungeöffnete Post, Poster, Plakate, Bücherstapel, dazwischen Hermes, das Baby, mit den schwarzen Füßen, weißen Fußspuren darauf: Tippfüße,

5. Luna-Tisch, sagt sie, hier knie sie vor der Maschine, hier knie sie sich, in jedem, jedwedem Alter in die Schreibarbeit, von den Wänden platzen die Krusten, der Putz blättert in großen Beulen, platzende Konstruktionen und zarte Lamellen, wie Haut, seit dreißig Jahren, lacht sie, nicht mehr ausgeweißelt worden, warum sollte hier auch ausgeweißelt werden, tropfende Decke, getrockneter Schweiß an der Wand, die sichtbaren Ränder, geflutetes Denken, jahrelange Kopfarbeit, etwas wie *röckernder* INNENRAUM,

6. frei nur das Bett, schmaler Weg für schmale Füße, ihre sind lang, zweites Zimmer, Papier / Schrift seine wirklichsten Bewohner, wiederholt Plakate, Bilder, Bögen jeder Größe und Staub: kleine Lammherden, wie sie sich zusammenhängen, galoppieren die grünen Hänge herunter, draußen das Taubenpaar rückt heran, mitten im Zimmer – Zentagasse: Zettelberg – ein Kopiergerät verborgen, sehe ich erst beim zweiten Mal, im anderen Zimmer ein Flügel unter Papier ver-

borgen, sehe ich erst beim zweiten Mal, sehe nur die Beine in den Papierwellen, kleines Meer, großer Seegang

7. sie erscheine nun selbst in ihren Büchern, sie erscheine nun sich selbst als Figur, sie spiegele nicht mehr, sie habe alle Spiegelung aufgehoben, sie schreibe nun mittelbarer unmittelbar, und etwa in der männlichen Figur erscheine, *von Lebens Tatzen* die Zeichen, die Sprachen, die Kommata, die Finger, wie sie über die Zeilen

8. sie spiele jetzt nur mehr die Hermes, sagt sie, alte Zeichnung eines Engels am Schrank, Schutzgeist, quer durch die Wände auf die Schwelle zu, aus dem Schrank wächst Papier, aus den Türen des Schrankes quellen Stapel von Tauben, Drecktauben, Zeckentauben, Staub, wie Flaubert ihn träumte. Ich sehe, sie schreibt sich etwas auf, sie recycelt, schon immer, alles ist schließlich ... alles ist geöffnet ist schließlich Material, darunter die schmalen roten Reifen um den Hals, *hier das Äußere nach Innen gestülpt*, von überallher Eintragungen, Versammlungen – Prozessionen *und* Prozeduren

9. die eilig hingeworfenen, auf lose Zettel gekritzelten Buchstaben streben der Decke entgegen, Gehirnlandschaft, sie knie vor der Maschine, sagt sie, Bet- oder Bettgefolge des Morgens, sagt sie, als wir an ihrem Tisch sitzen, große Balance, als sie das Wasser auf die Kaffeekörner gießt, sie hat mich erwartet, sie reicht mir Glückszeichen, hier alles Shiva, ein Widerschein auf einem Blatt, auf dem hellen Gesicht, gefächerter Kopf, unortbares Alter, in die Facetten der Sprache getrieben: rundum Schübe, klaffen auf, Dalikommoden, ihre langen Finger, wie sie über Zeilen gleiten

10. SCHLIESSE DIE AUGEN, SEHE: große Gestalt, schwarz, schief, über die Straße eilen, quer, mit Beuteln behangen, ganz verkreuzt von den vier kleinen schwarzen Taschen, die sie sich über die Brust den Rücken geschnürt hat, die Rechte umklammert einen kleinen Koffer, Minimalausstattung, Lebensverrichtungsgerät: auf rotem Samt, der Größe nach gereiht Klammern und Zangen, verschiedene Bohrer, auch Messerähnliches, kein Skalpell, aber Pinzetten, nach rund oder eckig abgeflachten Greifblättern sortiert, UNTERSCHIEDEN ALSO NACH FEINSTEN ÄHNLICHKEITEN, alles sehr gebraucht, sichtbare Brot-Spuren, dabei aber aufs Äußerste gepflegt, rundum poliertes Greif- Ritz-Finde- und Schabzeug, sie zeigt auf eine der Zangen: der Franzose, den sie besonders liebt, daneben ein Set oder SATZ Schraubenzieher, die Griffe leuchten grün, fast durchsichtig, schlitz und kreuz, und Vierkantschlüssel: ein Operationsbesteck. Sprachtisch, sagt sie, kein Werkzeugkasten, sondern die WORTARTEN, sehr viele Nadeln, auch Stricknadeln, Sticknadeln, Häkelnadeln, Lederahlen, Puppennadeln, Maschinennadeln: zum Beispiel, und in der letzten Ecke, der hintersten Ecke des ganz mit päonienrotem Samt ausgeschlagenen Koffers: eine kleine Glühbirne, für das Licht an der Nähmaschine, und Schleifpapier, grobkörnig, für mich, flüstert sie,

Sprachbesteck, Überlebensinventar, als sie über die Straße eilt

11. SCHLIESSE DIE AUGEN, SEHE: das Schuhwerk, habe immer solch eine Rolle gespielt, sagt sie, sie könne es sich selbst kaum erklären, diese Fußbesessenheit, auf hohen Absätzen und sehr bunt sei sie jahrelang durch Wien gestöckelt, auch über andere Seile, quergespannte Trapeze, und habe den

Blick in die Tiefe auszuhalten gelernt, sich endlich in der Arena glücklich bewegt, am Anfang *Minimonsters Traumlexikon* gesungen, Larifari-Lieder, kleine Absatzstückchen, lächelt sie, es ließen sich die erstaunlichsten Materialien zu Schuh-WERK verarbeiten, flüstert die wiedererweckte Astralgärtnerin, etwa dieses Paar aus Gras – zieht sie aus dem Schrank, sehr seidig, wenn es heiß ist und die Haut schwitzt, ich sehe auf ihren Fuß, er ist ganz eingeschnürt, die Halme schneiden ins Fleisch: so den Eingang in die Schreibarbeit gefunden, flüstert sie, eine Magd, eine Schürze, nämlich in Bewegung die Wortkarawanen versetzt, wie sie an Seilen aneinander gebunden, beladen und langsam *Notizen auf einem Kamel* oder Passgehen, das Schwanken, Schwindeln der zu -tagmen, Ansatztakten, Augensyntagmen verketteten Worte

12. später, sagt sie: die feinen, aus dünnem Ziegenleder geflochtenen Sandalen mit einem kaum sichtbaren Riemen um den Knöchel geschlungen, Illusion einer Befestigung oder Verschmelzung, oder das dunkelrot leuchtende Paar Pumps, mit dem nach außen schwingenden Absatz, mit dem sich sowohl über die Straße *kolben* als auch, später, lange Gedichte, sagt sie, ganz lautlos schweben ließen: setzt einem die Augen einfach zehn Zentimeter nach oben: so eilt man, fliegt über die Treppen in Rom wird als diese Stirn, mit diesem Knochenbau in mehreren Mond(Mords?)schüben oder Schuhverklärungen durch eine Landschaft geschleust: Licht & ETLICHES geschluckt, getrunken, beinahe untergegangen überall angestoßen, zerfallen, geräubert, furchtsam und folgsam gewesen: Empfangsnadel, gewisse Enthüllungen/Weissagungen erwartet, am äußersten Rand der Straße gekniet auf dieser unabschließbaren Pilgerschaft, sagt sie, noch ein paar Jahre

13. ständiges Nadelwerk, wie anstrengend es sei. Eintrags-
kunst: wie Licht fällt oder: drei Lämmer schlecken an der
Wiese, weiße Flocken, Wollbüschel, gegen den Zaun getrieben und darin hängen geblieben – und wie sie laufen, springen, über die Flanke des Berges rollen: was heißt Tierdasein,
wo hört es auf, atmender Berg, wo fängt es an, sie hängt sich ins
Schreibwerk, wie das Fell sich eng um die Knochen schließt:
»TRAUM / aber aus BETON; SCHMETTERLING / aber aus
EISEN; LEBEWESEN / aber aus PLASTIK«, höre ich sie die
Lippen bewegen, das SCHUBERTjäckchen klafft leicht über
der Brust, um ihre weißen Arme die schwarzen Manschet-
ten eng geknöpft, fächern sich auf am Bund, wippen bei jeder Bewegung der Finger wie Vogelschöpfe oder sonst etwas
Krauses: *so auf schnellen Hufen durch die Landschaft, Untergangs-
landschaft (Schreibhügel) Zukunft & Erfindung gejagt*

14. denn der FUSS, wenn FUSS für WIRKLICHKEIT steht,
wird beschrieben von der Innenseite des SCHUHS aus, der
diesen FUSS umschließt (»Denn die HAND, wenn HAND für
WIRKLICHKEIT steht, wird beschrieben von der Innenseite
des Handschuhs aus, der diese Hand umschließt.«)

15. ICH SEHE SIE neben mir gehen, auf dem Weg zur Post,
es ist kalt, der Atem als Fahne vorm Mund, sie möchte eine
Telefonkarte kaufen, sie sagt nichts, Mantel, Kappe, sie atmet
nur, es ist kalt, feste schwarze Schuhe, eingewickelt verwickelt
im Schal, als ich sie von der Seite anblicke, meinen rechten
Blick in ihre Richtung verlängere, von der Seite, dass sie es
nicht merken soll, ein Gewimmel, schwarzes Gewirr vor ihrem Mund, eine Blase von dunklen, sehr kleinen Insekten
(Ameisen?), die hin- und herkriechen, durcheinander, doch

nicht planlos, zufällig, doch einer eigenen Ordnung folgend, kurz blitzen darüber ihre Augen, die meist unter dem schwarzen Haarvorhang verborgenen Augen, große Umrandung, an einem langen Fühler durch die Wirklichkeit

16. und nichts surrealistisch, Tiere also, die das Zehnfache des eigenen Körpergewichtes über weiteste Strecken transportieren, Ameisen, hyperrealistisch also, auf Duftspuren oder eben Spuren, die wir so nennen, weil wir sie nicht sehen und auch mit keinem anderen Sinn begreifen, also auf Straßen, das kommt unseren Erfahrungen noch am nächsten, die mit Gerüchen verbunden sind, zugleich aber ganz andere Informationen enthalten, alles sehr sinnlich, das heißt über die Sinne wahrnehmbar, zugleich ganz abstrakt, alles sehr wirklich, nur nicht ganz zu erklären – oder welche Sprache gerät hier in Bewegung: eben »ANREICHERUNGEN«, ruft sie, »manchmal ein zufällig aufgefangenes Wort« und wie es mit Erlebtem, Erinnertem, aus der Wirklichkeit Heruntergegriffenem – das Sprachmieder, diese gleitenden Haken, Ösen, Schnüre, daran tastend (auch ein Himmel) – wie alles herabgetastet dicht wird und zusammenschießt und aus der Wirklichkeit zu greifen ist: Vögel, die ohne Leiber vorüberhasten, schreit sie, dass sie angezogen, hingerissen, ausgerissen, so *verknüpft* werde mit diesen flügelartigen Bewegungen: wo sich »durch eine Verhörung oder Verlesung irgendeines Zusammenhanges etwas weiterbewegt in« ihrem Bewusstsein, wo »unscheinbare punktuelle Verschiebungen und Verfremdungen eine Kettenreaktion von Konstellationen auslösen«: ein Ameisengewimmel, wir erreichen den Englischen Garten, schönes Bestreichen von Lippen, sage ich, Wege und Geäder, sie nenne das VERHEISSUNGEN als poetologisches Prinzip, HEISSE ZUNGEN

17. LEHNT GEGEN EINEN BAUM, sehe sie lange an, sehe sie gegen den Baum lehnen, es ist Anfang März, es hat geschneit, ihre Kappe ist durchfeuchtet, sagt sie, und hält den Kopf an den Baum (Buche?), hält die Sprache an die Bilder, lehnt am Baum (Birke?), erschöpft, ihr Gesicht hebt sich klar von der grünlichbraunen Rinde ab, das Muster der Kerben verläuft auf der Rinde anders als auf ihrer Haut, dennoch verschwimmt ihr Gesicht in den Baum (Winter?), sie lauscht, sie hört

18. wie anstrengend es sein muss, das harte Stürmen der Vergangenheit, die Selbsterinnerung der Zukunft, sie sagt das Ungeführte, Ungefährte oder auch die Ungefährten des Weges, die verlorenen Menschen, die langen wirklichen Abschiede, das Kommen und Atmen, das Gehen und Schlindern des Atems, im Lungensack, in der Kehle: 1 Silberblick – Sprachklammerung, das Schütteln des Lieblings, alle Spiegelung aufgehoben, erscheine sie sich mehr denn je als Figur, mehr denn je als spiegelloser Fleck oder Mal, das groteske, raffende Vermuten

19. steht an den Baum gelehnt, Sprache, das Blitzende, ihr weites Gesicht, wir gehen C.D. Friedrich ansehen, Transparentbilder, auch so auf Häute gemalt, eine hintergründige Erleuchtung, die Landschaft verändert sich, je nachdem, ob man sie von innen aus dem Kopf oder von vorne betrachtet … »eben Rückkoppelungs-Abläufe, meist assoziativ, in mehreren Lagen übereinander und ineinander verschachtelt«, weil die Landschaft sich wandelt, je nachdem, ob man sie von innen aus dem Kopf (mit Glühbirne, erleuchtet) oder von vorne betrachtet (Nähmaschine), ein okkultes Fühlen, »bläu-

licher Blitz durch helles Grün«, wir schauen in den üppigen
See, über dem mit der Glühbirne der Mond erscheint, »die
inneren Abläufe überschlagen sich so dass alles stillzustehen
scheint«: »Schmerzensschreie und Jubelstimmen in ihrem
Kopf«, ruft sie, »aufgeladen mit assoziativer Elektrizität, das
Furioso also neben der Berechnung, das LUNATISCHE neben der Präzision‹

20. jeder Text wirft ein Abbild des Körpers, der ihn schreibt,
sage ich, von Anfang an gesteigerte Körperkunst, Art Brut-
kunst? Sie lächelt *brütt*, sie beharre auf ihrem Recht, drei-
dimensionales Balancesystem oder eben *Schwindelmaschinchen*,
sie beharre auf ihrem Recht auf Rot, flüstert sie, sei durch
die Arena gelaufen als Eigenclown, als Seiltänzerin, Trapez-
schwingung, und über den Sand: immer ohne Netz, über
der Wirklichkeit, über der Sprache, eine tollkühne Verbal-
akrobatik: die Balancestange längst weggeworfen, sie beharre
auf ihrem Recht auf ROT, und gewindeltes, gewickeltes, sie
meine kompliziert zartes Züchten von Fiktion, Komplizin,
diese biegsamen Böen (sie sagt »Leibesregungen«) seien ja alles weitergegebene Zärtlichkeiten, ruft sie

21. VERHEISSUNGEN oder heiße Hunde, hier schwitzt
die Zunge (Porenlaterne), es sei alles eine Performanz-Pro-
zess-Prozession (Namen), aber im Zirkus, mit Lumpen, das
subjektive Empfinden zum einen ganz bei sich, sich genü-
gend, zugleich ganz nach außen gestülpt, für die anderen, für
sich, die Anknüpfung, im Übrigen, an ein altes Konzept, auch
Bachsprechen genannt, oder nun *interface*, interfacial, als schöner Gletscher sich über den Grund, als Gesicht, Geröll, Kiesel,
und stelzten leise, und klapperten die Vögel darin

22. mit weicher Kehle, sehe sie in der Pause vor dem Zelt stehen, einen schwarzen Mantel um den Leib geschlungen, der das enge Trikot, glitzernder Rock, dicht behaarte Beine, verbirgt: sie verteilt Bonbons, kleine Glücksbringer, Stanniolherzen, Hufeisen und andere TABUzeichen

23. dass die Abfolge dass sie erfunden gehöre dass immer eine Übersetzung, Interface und Interesse, dass das ganze *Leben und Schreiben*, Indikativkonjunktiv, ein Üben mit Werkzeug, dass sie das selbst, dass diese Grenze, nein, diese Ent-Auf-, diese Ab- Mit-, diese -Struktion des Lebensschreibens, des Unterschiedes und der Gleichung (daß, dass, das, dasz) all der Wege, den Abend- und Morgenstern zu sehen. Ich sage Frege, sie sagt Wittgenstein, ich sage Derrida, sie sagt Theorien sagt aufsaugen ableiten, für 1 Gedicht

24. mit verschwitzten Händen (Hunden)

25. VERHEISSUNGEN oder UNTERFUTTER, Art Feuerkuchen: durch die Sprache ableiten, also jedes Gedicht, jede Prosa eine Übersetzung, kompliziertester Vorgang: eine Steigerung, glaube ich sie rufen zu hören, der eigenen Körperhaftigkeit, ein Abbildungsapparat, zugleich eine Entbindung, aber keine Mimesis, etwas ganz anderes als Mimesis, nämlich das abstraktere und konkretere Muster der Wirklichkeit: durch den Körper in Buchstaben geprägt, Hamsterrad, flüstert sie, darin die Nächte abgelaufen, auch Träume

26. es werde ein langwieriger gewundener Mechanismus bewegt, der die Wirklichkeit, sie meine das Wahrgenommene

27. in den Körper verwandle, Gefühlszustände seien Konglomerate aus Realem und Erinnertem, diese *inneren Zusammenbackungen* oder dieses FLEISCH / FETISCH, sagt sie, müsse dann übersetzt werden, in der zweiten Stufe, mindestens zweiten, etwa durch Schlafprozessionen, Wortmärsche und lange Traumzäune, auf ihr selbst verborgenen Wegen, zu »Wortfindungen« weitergebacken

28. das erzähle keine Geschichte, sagt sie; und ich sage, erzähl mir keine Geschichte; und sie sagt, das erzählt eine Übergeschichte, eine Unterfutter- und Durchblitzgeschichte (Doppel- und Mehrfachstoff, aus dem etwa die Lungen gemacht wie das die Rippenwand auskleidende Fell, *eine* Haut, die sich in ihrer Wurzel, am Grund zwischen Lunge und Umfassung falte und biege, zwei feuchte Folien, aneinandergelegt)

29. SEHE SIE lehnt am Baum, das Gesicht verschwommen, sie sammelt etwas ein, Englischer Garten, Wahrnehmung, *la folie*, die sich erfindet, am Morgen hat es geschneit, zarte Abdrücke auf ihrer Stirn, von unten durch die Haut Pflanzenmuster, vielleicht auch Halbfiguren, Durchflüsse zwischen Wirklichkeit und Sprachwirklichkeit, »dass die Materie erschüttert wird durch den Geist, das heißt, dass der Materie im rechten Augenblick ein Wort, ein Begriff, eine Vorstellung eingehaucht wird, also ein *Wiederblitzen*«

30. liegen Kleider am Boden, zu einem hüfthohen Haufen verknäult, zerknittertes Schwarz, vielleicht der Ärmel einer Bluse, oder BH-Schale oder Body, halbes blaues Hosenbein, der lange Arm einer Strickjacke über den Boden, vestalinnenblau, mit schwarzem Rand, T-Shirt rot Unterhemd, Rippen,

viel Stoff, etwas Zerknülltes dazwischen ein Taschentuch (Tränenplatz), Nylon, Viskose, das lila Revers einer Überjacke und Chiffonschal, beinahe noch wehend, Großdruck rosafarbener, weinroter, violetter und grünlichgelber Blumen, schwarzes Cape und Samtbarett – Zustand einer Hingerissenheit, Zerreißung, Schmerzwolle: gemischt, verknotet aus allen möglichen Stoffen sehr unterschiedlicher Herkunft, etwas Natur, etwas Fabrik, unterschiedlich hitzebeständig, unterschiedlich knitterfest, wie sagt man atmungsaktiv, oder Schweißtreibendes, solch eine Mischung von Geweben, eine Zeit heftigster Emotionen, größter Trauer und Zartheit, Hingebung und Entfremdung, nämlich was ABSCHIEDE heißt: zieht sie an einem Kleiderhaufen, hüfthoch, zieht an einem verknäulten Hosenbein, und warum es etwas vom Abschiednehmen an sich hat, wie die Hose liegt: BIS ICH DAS SEHE, sie streicht mit der Hand über die Weste mit dem durchbrochenen Spitzenbesatz, der aussieht, als wollten Namen durch die Haut scheinen, spitzen, Knopfleiste, sprießen – bewegt die Finger, wickelt einen Faden ab und in der eigenen Hand wieder auf

31. denn Irritation und Geheimnis stecken im Detail eines immer tiefer durchdrungenen Vorganges, wir sitzen im Restaurant: »weitläufig wucherndes Gartengelände«, sie »trägt auf der Vorderseite einen roten Stempel (mit Kanüle von Auge zu Brust)«, in die sie die Suppe schüttet. SEHE SIE kaum etwas essen, in ihrem Rucksack ein paar Kekskrümel, eine Wäscheklammer, »*das Furioso neben der Berechnung*: so ist es doch immer gewesen«, flüstert sie, »nicht wahr, so habe« sie »es doch immer gehalten«

32.   sitzen im Restaurant, HINTER DER SCHEIBE PLÖTZ-
LICH: geraffter Dolomit, oder dürfen wir Ihnen Unabhän-
gigkeit mal etwas anders erklären? Beschenkt Schiffsreisende
mit Bildern voller Anmut, Grazienmaschine, eine Einrich-
tung zur Erregung – hinter der Scheibe des Restaurants öffnet sich der Blick aufs Meer (Sprachkissen), ein Leuchtturm,
der die Küste erfindet, nämlich vorantreibt, auch Nabel genannt, Vorposten, geschliffene Linsen entzünden Licht, ein
regelmäßiger Puls: wie sie pocht, die Kopfschlagader der Erfindung

33.   löffelt sich etwas Heißes, füllt den Schlauch, die Suppe
ist dunkel (Pilzmischung?), eine Erinnerung, wir spielen mit
dem Körper wie Kinder, sagt sie, »der Rand ihrer oberen
Schneidezähne ist sehr feingekerbt: dieser jetzt herrschende
Teil der Seele« sagt sie, dass sie die Sprache an die Wirklichkeit
hält, »die Augen-, die Wangenklappen, das stampfende Herz,
ein winziger weicher Herzschlag«

34.   sprechen über »entflammbare Pflanzen«, machen ein
Lexikon, sehe sie vor mir sitzen, zugleich steht sie noch immer
am Baum (Buch?), jetzt mit dem Rücken in die Rinde verschmolzen, vor mir dreht sie die Gabel in der Hand: doppelte Schwalbe, gespaltener Schwanz: sie »kultiviere ein andro-
gynes Körpergefühl«, Warhol und Bach, 4 schwarze Taschen
hat sie sich auf einmal über den Leib geschnürt, Instantkaffee,
Arzneikisten, TV und Madonnentücher, sie liebe alle heftigen
Gerüche, Gehirnblinzeleien, Blitzereien: also Nacktes zeigen,
aus dem Gebüsch, und festhalten, Blitz, bis es die Wirklichkeit
zerlegt, Blitz, Kleider abtragen und aufziehen, Häute, Folien,
bis sie leuchten, Nerven: die intimen Stellen, die.

35. Recht auf »FIKTION, das entsprungene ROT« sagt sie, Versammlung von göttlichen Larven auf dem gesprenkelten Tischtuch, mit Flügeln coupierten Flügeln hingestreckt, wie sie mit der Gabel das Tuch wellt, wie sie die Wirklichkeit durchkämmt, mit dieser Stimmgabel, fork, die Wirklichkeit fälscht

36. SEHE DIESEN wächsernen Jüngling, »verstehen Sie, der Sie waren, bin ich geworden«, flüstert eine Stimme, »ich bin geworden was Sie gewesen sind, handelt es sich um einen Figurentausch, handelt es sich um Schizophrenie«, und sie lehnt, wie nach einer sehr großen Anstrengung, gegen die Säule, das linke Auge geschlossen, das Lid wie eine junge, kleine Brust gewölbt

37. »ein Zusammentreffen mit tausend Personen *Abertausend!*«; sie sei mit elektrischen Drähten an alle Menschen angeschlossen, stehen am Bahnhof unter hässlichem Glasdach, Bilder klaffen auseinander, schießen zusammen, alles zugleich: Schub, Schubumkehr, sie hält mir eine Kreidetafel entgegen, taumelnde, unbeholfene Buchstaben: »mit realen Karten spielen, aber … transreale Bezüge herzustellen versuchen eigentlich VISIONEN«, werde dann dehydriert: das Gesammelte gesichtet, gesiebt, vor halb geschlossenen halbgeöffneten Augen – Figuren – habe sie immer als Figuren der Sprache gesehen, Tropenfüße (hechelnde Hunde) und

38. in die Nachbarschaften der Wörter getaucht die Nachbarschatten der Wörter, die blühenden Nervenzweige, die rockenden Schöße

39. zudem Lady Lips: breit und fragil, Spielregel Sprache, sagt sie, die anlangt, schwemmt, trägt, verschwemmt, mit Schlamm übergießt, beinahe erstickt, die dich aufsaugt, die du aufsaugst, und könne jubeln damit und weinen damit und darin, das war überhaupt das Schönste, das sei dieser kleine Faden, dieses Ganglion von 1993, zehn JAHRE SPÄTER »mit ihm eins zu sein«

40. SEHE im Badezimmer, Wien, zwei Haken nebeneinander, daran zwei trocknende Schwämme, AUGENMERK, die linke und rechte Hälfte eines Gehirns

41. durch Nervenkunst das Innere der Zustände abgebildet, das heißt zugleich erfinden, nämlich durch Verhörung oder Verlesung irgendeines Zusammenhanges etwas weiterbewegen, »diese atemlose Wachsamkeit, kalkulierte Jagd«, um auch nur ein einziges Wort aus dem Wörterbuchhimmel zu holen, sich treffen, sich blitzen zu lassen (inneres Arkadien, Akazien). Sehe, schreibt sie, »lauter Gestirne, nämlich die Sprache die über die Gegenwart hüpft«

42. SEHE: Furioso von Wien, auf geschnitztem Absatz, wie sie die Treppe herunterstürmt, Schub und Schubumkehr des Mondes, sie reißt ein Streichholz am Absatz an, »Phänomenwerke« steht auf der Schachtel, Schwefel, Zündkopf und dünnes Holz in ihrer Hand: über die die Wirklichkeit kippt, sie trage jetzt luftdichte Schuhe, also sehr luftdurchlässiges Leder, das den Fuß jedoch bis über den Knöchel umschließe, sie trage jetzt sehr leichte Absätze, geradezu federndes BLITZLICHT, streife Wahrheiten in Sekunden oder Bruchteilen, tangential, nach all diesen Jahren

43. nun sei »der Prototyp einer winzigen Zukunftsschreib-
maschine« heraus, sagt sie mir, die zunehmende Biographie-
tendenz in ihrer Prosa, auch in den Gedichten – jedes könne
als Brief an eine Person aufgefasst werden, mit Namen und
Datum versehen/vorsehen, zugleich die zunehmende Bio-
graphielosigkeit: HIER WIRD DAS INNERE NACH AUS-
SEN GESTÜLPT, Stiefel sehr eng über die Haut gezogen,
sie beflügelt die Tasten der Schreibmaschine mit den Zehen,
SCHREIBFUSS, FLUSS, die Auflösung der Biographieten-
denz nämlich durch Inwucht des Biographischen in die Fiktion, Auflösung der Grenze zwischen Schreiben und Leben,
dieser überaus entflammbaren Pflanze: geht auf im Text und
wieder aus ihm hervor, Zerfachung, Auffächerung, Umkehr
und Schub. Triebwerk der Gedanke, hier werde die Sprache
von morgen erfunden, worin die Formen, die Konturen einer
anderen Lebensform sichtbar würden, pressen sich durch,
Geisteridiom, geflüstertes Intim

44. auf dem Bahnhof: Tauben und Dreck, die Wirklichkeit
ist so gefüllt, durch die Halle wird ihr Zug ausgerufen, hinten
stehen die Telefonzellen, nach Wien, eine Taube dicht über
unseren Köpfen, die »eingezogenen blutroten Füße zu erkennen, worüber wir sehr erschrecken«, leises Trommeln auf allen Membranen

45. der Mond, denke ich sagt sie, geht auf wie der erste und
unter wie der letzte Buchstabe, sagte ihre Lehrerin, da glitt
die Wahrnehmung ins Alphabet, sagt sie, schaut, wie dieses
uns nächste Gestirn, sagte die Lehrerin, am Himmel hängt, sie
aber habe, sagt sie, ein zerschnittenes Tuch gesehen, durch das
sich ein a, ein o und ein z bohrten, im alten Alphabet, Aus-

schnitte aus einer verheißungsvollen Welt, doch sehr verwirrend, danach habe sie Kleckse (:Gestirne) aufs Papier gemalt (astrale Klasse)

46. vielgestaltig wie Wolkenschatten: die Kumulation einer Ekstase, präzise in Zungen, als ich nach Hause gehe, »sehe in einem Ladenfenster ein paar gläserne Stiefel in Kindergröße mit Bleikügelchen gefüllt, gleich« beichtet »der Himmel die wahnsinnigsten Farben, da« ist »auch das Meer sehr dünn. Gnädig ist, wenn die Poesie beim richtigen Ärmel herausfährt …, voll Augen vorne und hinten«, sehe ich sie sagen, »mein Engel ist wie die Faulbeerbäume in meiner Kindheit, *voll Augen vorne und hinten,* klug wie mit HONIGS LETTERN«, SEHE ICH SEHEN

47. LANGE AN: ein rotes Stück Tuch auf dem Rasen, Röhrenfalten, vielfach gebogen, während die Kanten sorgfältig geknickt wurden, die Oberseite leuchtend rot, während die Unterseite karmesindunkel auf dem hellgrünen, jetzt aber durch das Tuch verschatteten Gras spiegelt, als rinne Farbe von oben ab, in den Vertiefungen, Mulden, Mündern, sammelt sich Licht, roter flüssiger Stoff, wenn man daran stieße, müsste das Wasser in diesen Miniaturwannen, auf dieser Lunapalette, hin- und herschwappen wie in einem Schädel, das Gras dicht und stachlig der Rücken eines Tieres, einzelne Halme bohren sich durch das Gewebe, immer in Komplementärfarben gedacht, immer den Heftigkeiten hingegeben: himmelrotes Stück Gaze auf Grün – nah und fern aufrechtzuerhalten sei eine Voraussetzung des Schreibens, dunkle Gefühle, Gedanken, was dazwischen ist heraufziehen, ausbreiten entfächern entfachen von Rot –

48. SEHE ZU: zärtliches Reiben, auf dem Pflaster erscheinen Kopf- und Pflanzenmotive (Halbfiguren, ein verschattetes Bild), als sie sich verabschiedete, »flog etwas kaum wahrnehmbar Helles an ihrer rechten Schläfe vorüber, etwas Unberührbares und eigentlich Unfassbares«

49. SEHE ZURÜCK: bestenfalls also wie sie mich anfühlt, wie ich sie anfühle, wie sie mich anlangt, berührt, mein Sehen bestenfalls Braille: langsames Tasten, langsam vielleicht die Tastordnung neben die Sehordnung stellen, die Augenordnung durch die Hörordnung ergänzen, zur Tast- und Zungenordnung gesellen, sowie alles neben die Sehordnung berufen, wie sie mir redet: Untergespräche, erscheint am Ende kein Porträt, kein Dreiviertelbild, kein Profil, kein Schattenriss, vielleicht geknülltes Linnen, und Haarsträhnen, aber aus Plastik, aber Schlauch: zwischen den Fingern gerieben, Phänomenwerke, entflammbare Blitze, Blitzereien, und doch der scheuen Schaukunst viel »wie die Pupillen schwimmen«, regbar, erregbar, Licht des Mondes nun, im Innenhirn, etwas –

LEUCHTEND
in Sprachen

Grammatik der Verbindungen

2888 Verse die Donau hinab,
mit Michèle Métail

Nicht, dass ein Fluss nur dies wäre: Durchzug welliger Bewegungen, die er mit sich nimmt, weil er aus ihnen besteht, ohne sich in ihnen zu erschöpfen, während er sein Wasser aufwühlt, absinken lässt, mischt und wieder nach oben drückt, also eine Richtung hat. Die sich umkehren kann, stocken mag, langsam vorangetrieben sein oder auch schnell mit einem Druck, der durch Fettdruck an manchen Stellen des Gedichtbandes *2888 Donauverse* seinerseits in Form einer Welle erscheint.

> 0001 der Anfang * * * * *
> 0002 die Schwierigkeit des Anfangs * * * *
> 0003 der Grad der Schwierigkeit des Anfangs * * *
> 0004 der Winkel des Grads der Schwierigkeit des Anfangs * *
> 0005 die Messung des Winkels des Grads der Schwierigkeit des Anfangs *

Wasser ist chemisch ein einfaches Element, klar strukturiert ist auch die es nachbildende grammatische Verkettung bei Métail, die die formale Matrix des gesamten Gedichtes ergibt: Substantiv Genitivartikel, Substantiv etc.

Der der des klingen für sich genommen wie die Bezeichnung von Tönen, in Métails Donaugedicht erscheinen sie als Grundlaute des Wassers. Es flüstert oder ruft sie, lässt sie übersagt werden von Substantiven, deutsch, französisch, englisch oder Latein, eingeschneit in den Fluss, die nun mitschwimmen im Wasser-Laut-Strom, anlanden, auftreiben, auf uns zu.

0006 das Gerät der Messung des Winkels des
Grads der Schwierigkeit des Anfangs
0007 der Schuppen des Geräts der Messung des
Winkels des Grads der Schwierigkeit
0008 die Flechte des Schuppens des Geräts der
Messung des Winkels des Grads
0009 die Ausbreitung der Flechte des Schuppens
des Geräts der Messung des Winkels
0010 die Seuche der Ausbreitung der Flechte des
Schuppens des Geräts der Messung

Bislang existierte dieses Tausende von Versen umfassende, noch nicht abgeschlossene Gedicht nur mündlich. Für den Vortrag entrollt die Dichterin, Performerin und Musikerin Métail einen immer anderen Abschnitt ihrer dicken blauen Donau-Papierrolle, wie auch ein Fluss immer anders ist. Der Leseraum wird verdunkelt, Dias der Donau, aufgenommen von Métail, stehen an der Wand, der Projektor rauscht. Breit, langsam, mit Kahn, erscheint allem voraus das Wasser, als Bild; es ist grau. Aus bloßen Atemgeräuschen, nahe am Mikrofon, dann mit Lippenbewegungen, die man hört – dem Schmatzen kleinster Wellen an einem Uferrand gleicht ihr Geräusch –, setzt das Vorlesen ein.

In Sprache ist der Fluss langsamer als im Bild. Tatsächlich

versickert die Wasser-Donau nach ihrem ersten Ursprung fast, unterirdisch müht sie sich dahin, bis sie bei Möhringen schließlich doch, erneut, aus der Erde springt. So hat sie zwei Quellen; so geht im Gedicht ihr Wassergeräusch nach und nach durch Métails Lippenarbeit in Sprache über. Allmählich formen Bild, Rhythmus und Ton sich zu Worten, die aneinanderhängen, der Fluss sammelt sich. Wer zuhört, spürt Sprache, die wir doch dauernd verwenden, als Gerinnung, als Bündelung, spürt, für Augenblicke, das Wunder, dass es sie gibt.

0120 das Organ des Geschmacks der Frage des
      Verfahrens der Schwebe der Wolke
0121 der Mund des Organs des Geschmacks der
      Frage des Verfahrens der Schwebe
0122 die Zunge des Mundes des Organs des
      Geschmacks der Frage des Verfahrens
0123 die Spitze der Zunge des Mundes des Organs
      des Geschmacks der Frage
0124 der Wipfel der Spitze der Zunge des Mundes
      des Organs des Geschmacks
0125 die Äste des Wipfels der Spitze der Zunge des
      Mundes des Organs

Ein Fluss. Nicht, dass er nur dies wäre: sich selbst immer gleich, während er sich verändert, durchzogen von einer polyrhythmischen Bewegung, gebildet aus dem Zusammenspiel von Grund, Ufer und Wind, mehrfächrig, denn Strudel gibt es zudem. Die Wellen sind nicht voneinander zu unterscheiden, sie kommen zahllos, endlich-unendlich verkettet, fast eins. Nicht, dass er nur zum Ansehen gut wäre; man will in ihm schwimmen oder sich, an seinem Ufer stehend, darin spiegeln, wie seine Wellen kommen und kommen, während das Gesicht sich schaukelnd widerwirft, selbst nun in Wellen geformt, in Fluss-Schatten und -Licht. Zeit vergeht, und nicht nur die Ufer verändern sich, sondern ebenso, was im Fluss vorübertreibt, während das Gesicht an seinem Rand Wörter sucht, um sie aneinanderzuketten und vielleicht etwas zu bewahren. So ist er der rechte Ort um zu fragen, wie solche Wortverkettungen funktionieren, wie unsere Sprache *fließt*, denn ein wesentlicher Teil unserer Grammatik handelt, recht betrachtet, von nichts anderem als davon, wie etwas mit etwas verbunden werden kann.

Grammatik? Ja – ein Teil jener Kunst, die uns in anderen Bereichen, genannt Beziehung, Sex, Familie etc., sehr interessiert, der Kunst, miteinander zu verbinden. Einem »zeige mir deinen Klebstoff, und ich sage dir, wer du bist!« würde ich nicht bedingungslos folgen, doch wäre eine Menschheitsgeschichte unter dem Aspekt ›Klebstoff‹ höchst aufschlussreich. Wer etwas kleben kann, ist schneller und flexibler als einer, der näht oder mühsam mit Schnüren hantiert. In der Schule lernen wir zwar, dass der Mensch sich von seinen nächsten Verwandten dadurch unterscheidet, dass er Sprache benutzt. Doch auch sie setzt voraus, dass Vorstellungen davon entwickelt wurden, wie Elemente sich zusammenfügen und dadurch in ihren Bedeutungen verändern lassen. Im Ungarischen etwa geschieht dies durch Agglutination: Wort wird an Wort gehängt, um Besitz, Zeit oder Person auszudrücken; lange Buchstabenketten entstehen. Andere Sprachen arbeiten mit Beugungen und Konjugationen, so kennen das Französische und Deutsche die Anzeige von Besitzverhältnissen durch ein Pronomen: *des/ der/ deren/ dessen* im einen, *de/ des* im anderen Fall. Das Deutsche allerdings benutzt als Standardvariante die Genitivbildung durch Deklination des Substantivs (*Vaters Haus*), sie wirkt eleganter als eine »des«-Konstruktion (*das Haus des Vaters* oder *des Vaters Haus*), die ihrerseits die possessive Verbindung besonders betont.

So wichtig, wie etwas zusammenzufügen, ist, es wieder auseinandernehmen zu können, ohne die Teile zu zerstören. Damit steht das Thema der *2888 Donauverse* von Michèle Métail nun zur Gänze vor uns: es heißt Verbinden und Trennen. Sacht-konsequent schaukelt die Dichterin uns in ihren Verswellen in die Grammatik der Fügungen und Lösungen ein.

Donaudampfschifffahrtsgesellschaftskapitän

Als Kinder haben wir dieses Wort angestaunt. Männer in dem bezeichneten Beruf gab es längst nicht mehr, aber der Name existierte noch. Wir lachten und bauten dem Bandwurmkapitän verwandte Wörter, das Vorgehen ähnelte dem Legospiel: ein Setzen Stein auf Stein.

Das Wort ›Donaudampfschifffahrtsgesellschaftskapitän‹, sechs Einzelsubstantive in akkurater Genitivverklammerung, begegnete Métail 1972 beim Studium in Wien. Dieses Jahr sollte in vielerlei Hinsicht entscheidend werden für die junge Musikstudentin: sie ging zu einer Lesung Friederike Mayröckers. Es war ihre erste Begegnung mit einer lebenden Dichterin, eine Begegnung in einer Zweitsprache, an der Donau. Das Donau-Mehrsprachenpoem kam in Gang, es wurde Métails erstes poetisches Groß- und Lebensprojekt, eine Arbeit, die sich, Mayröcker aufgreifend, vorhandenem Sprachmaterial in der Vielfältigkeit seiner Tonlagen und Mischungen verpflichtet weiß, dieses Klang- und Wortreservoir radikal in das eigene Leben einspeist, es dort über Jahrzehnte mit sich trägt, wendet, es untersucht mit Auge, Mund und Ohr.

Métail ließ sich in Wien zu einem eigenen Weg zwischen den Sprachen anregen von einem nachbarschaftlichen Poesieverfahren, einem Fluss und seinen Lauten, von der Frage, wie Klang (Musik) und Bedeutung zusammengehen. Sie betrachtete den zusammengeklebten Donau-Kapitän auf der Matrix ihrer französischen Muttersprache, die statt ungetümer Nomenreihungen *de*-Genitive bauen muss. Vielleicht heißt Muttersprache eben dies: überall will sie sich als Matrix unterschieben? Eben so jedenfalls verfährt Métails Donaupoem: für jede Verswelle werden sechs Substantive per *der* oder *des*, also französisch strukturiert, doch in deutschem Vokabular, aneinandergehängt. Das erste darf im Nominativ stehen, alle weiteren folgen im Genitiv; jede Zeile beginnt mit einem neuen Wort, das die anderen um je ein Kettenglied verschiebt, bis nach sechs Versen alles ausgetauscht wurde.

Und schon ist aus dem Donaudampfschifffahrtsgesellschaftskapitän der *Kapitän der Gesellschaft der Fahrt des Schiffes des Dampfes der Donau* geworden. Wie sehr diese kleine Manipulation unser Zuhausesein in unserer Sprache verändert: schon sind wir empfindlich gemacht für unseren Genitiv, dessen Weise, etwas zu verbinden, plötzlich künstlich wirkt.

> 0031 die Sucht des Gelbs des Trikots des Vorstoppers
> des Mittelstürmers des Gegners
> 0032 die Leber der Sucht des Gelbs des Trikots des
> Vorstoppers des Mittelstürmers
> 0033 der Knödel der Leber der Sucht des Gelbs
> des Trikots des Vorstoppers

0034　die Brühe des Knödels der Leber der Sucht
　　　　des Gelbs des Trikots
0035　der Extrakt der Brühe des Knödels der Leber
　　　　der Sucht des Gelbs

Die Art, in der wir sprachlich Verbindungen bauen, hier Besitz in den Eigentümer hineinwandern lassen (deutsch), oder
dort »nur« anhängen, erzählt etwas über unser Verhältnis zur
Welt. Und es zeigt sich, dass Worte mindestens in einer Hinsicht Wellen gleichen: ihre Bedeutung besteht nie im Einzelnen. Namen sind nicht an Gegenstände geklebt, wie etwa
Kirchenvater Augustinus, einer der ersten Semiotiker, dachte,
dessen Sprache, Latein, weiterhin Danubius-Donau hinun-
terfließt. Der Sinn von Worten erwächst aus ihrer gramma-
tischen, lautlichen und klanglichen Stellung, erschließt sich
im Verkettungssystem der Sprache auf Achsen des Denkens,
Auswählens und Gebrauchens, getrieben unter wechselnden
Sprachhimmeln durch vielerlei Zeit.

Hören – Gehören

2888 handelt von verschiedenen Arten des Zugehörens und
sich Lösens, von Abhängigkeit und Einverleibung, von Sprache und ihren Metaphern, von Bildern, Terror, Mafia und
Geld. Auch die wirklichen wechselnden Ufer der Donau werden uns vor Augen gestellt: der doppelte Zufluss, die Enge des
Bettes zwischen den Klippen des Jura, die Passauer Mischung
des blauen Donauwassers mit dem dunkelmoorigen der Ilz
und dem grünen des Inn, das Hindernis des Eisernen Tors vor
dem Delta am Schwarzen Meer. Landschaft und Themen tau-

chen im Flusslauf auf, verschwinden wieder, wenn sich die Substantivkette bewegt. Der vollständige Austausch aller Elemente innerhalb von sechs Zeilen wird zu einem Fließen, sanft und brutal. So, muss man denken, erscheinen und verschwinden auch wir. Das *sujet*, Subjekt, ist Durchflussgebiet.

Mehrere Sprachen wellen den Donauversgesang. Ihr Wortkörper wird mit Elementen der 2888 Kilometer langen Donau (kalt, hart, schlammig, butterweich, schnell etc.) gemischt, und gemischt wird die Donau mit Sprache. Im Wechsel der Sprache(n), in der Veränderung des Wortzusammenhaltes erscheint der Fluss. Strudel werden in Lauthäufungen nachgebildet, Sprache kippt – fast – in Klang.

> 1313 die Affinität der Verwandtschaft der Nähe der
> Aufnahme des Mitgliedes der Gruppe
> 1314 die Sensibilität der Affinität der Verwandtschaft
> der Nähe der Aufnahme des Mitgliedes
> 1315 die Subjektivität der Sensibilität der Affinität
> der Verwandtschaft der Nähe der Aufnahme
> 1316 die Individualität der Subjektivität der Sensibilität
> der Affinität der Verwandtschaft der Nähe
> 1317 die Personalität der Individualität der Subjektivität
> der Sensibilität der Affinität der Verwandtschaft
> 1318 die Souveränität die Personalität der Individualität
> der Subjektivität der Sensibilität der Affinität

Der Flussnachbau von *2888* ist künstlich und zeigt seine Künstlichkeit, indem er kontinuierlich auch auf Medien referiert: Rundfunk, Filme, Fotos, Bücher und Musik, ebenso wie die Medien Waffen, Sex, Geld, der Schifffahrtsgesellschaftskapitän selbst. Paradoxerweise entlastet dieses Verweisen die Verse von der eigenen Artifizialität und lässt sie als Klangbild entstehen, ein Gebäude, das man kaum als Ganzes lesen, wohl aber auf sich wirken lassen kann. Sechserketten von Abhängigkeiten können wir uns nicht mehr denkend erklären, doch fühlen, und die Hände schlagen sich zusammen über dem Kopf. Alle Menschen sind angeblich mit allen anderen über sieben Stationen bekannt; exakt so werden Wörter hier aneinandergehängt. Es erscheint das Geräusch, das Sprache macht, indem sie sich bewegt, verkettet und geschrieben wird, gefilmt. Zu hören ist es immer einen (Vers)Atem lang, in jener Ausatemwelle, die den gesprochenen Text erzeugt. Die Brust hebt sich und senkt sich, hebt – und senkt.

Latein, Französisch, Englisch, Arabisch, literarische Anspielungen auf Mallarmé, die Brüder Grimm u. v. m. werden den Fluss hinabgetrieben, Zusammenhänge auch auf der Ebene der Wortbedeutungen erforscht. Eine Reihung von Verwandtschaftsbezeichnungen führt zu irrwitzig anmutenden Menschenketten (1248 ff.), die aber ganz »logisch« sind: immer könnte es eine Person geben, die eben dies ist:

> 1255 die Schwiegertochter der Enkelin des Großvaters
> des Ehemanns der Nichte der Tochter
>
> 1256 der Neffe der Schwiegertochter der Enkelin des
> Großvaters des Ehemanns der Nichte
>
> 1257 der Schwager des Neffen der Schwiegertochter
> der Enkelin des Großvaters des Ehemanns
>
> 1258 die Base des Schwagers des Neffen der Schwiegertochter der Enkelin des Großvaters
>
> 1259 der Sohn der Base des Schwagers des Neffen
> der Schwiegertochter der Enkelin

Als ich die Lektüre des Donaupoems begann und begriffen hatte, wie seine grammatische Bauformel lautet, befürchtete ich, es könne auf Dauer monoton werden. Doch schnell belehrte das Gedicht mich eines Besseren. Métail überrascht mit der Vielzahl der gefundenen Verknüpfungsregeln[1]. Man lacht, wenn man von »Leber der Sucht« mühelos (0032 ff.) zur »Brühe des Knödels der Leber« gelangt und das deutsche Wort Leberknödel als geheime Brücke erkennt. Ebenso führt ein Weg vom Zaun zum König (0577 f.), von Muskeln zum Protz (0602), vom Feigling zum Waschlappen (0610). Auf diese Weise stellt sich die Metaphorizität unserer Sprache uns erneut vor – wir dürfen uns wundern, werden von Donauwassern aus strengen Regeln gelöst.

Die Sicherheit, was eine Sprache ist, wo sie aufhört und wo eine andere anfängt, verschwimmt. Utopisches Ziel des Gedichtes: alle Wörter aller Sprachen einmal aufgenommen zu haben. Schon jetzt enthält es Fachjargons, Dialekte, Hugenottenworte, die fast vergessen sind. Bald werden Wortketten durch Übersetzungen gebildet, bald deutsche und französische Worte hintereinandergestellt (0996 ff.), bald die beiden Sprachen gemischt (0512 ff., deutsche Wörter im Französischen, oder 0960 ff., deutsche Lehnwörter aus dem Französischen), Vokabeln aus dem Latein in beiden Sprachen hinzugenommen. Gegen Ende erfolgen die Mischungen immer schneller (2232 ff.), eine Ladung Englisch gerät in die Donau (2316 ff.), Verse stehen doppelt zu Buche: deutsch und französisch, mit dem jeweils gleichen Wortmaterial. Man liest Ketten, die man im Deutschen trotz der französischen Substantive fast versteht, und genießt dabei die deutschen Genetivkonstruktionen in all ihrer Doppeldeutigkeit, ihrem Verweisen nach hinten und vorn.[2] Breit wird der Strom, in dem die Sprachen sich berühren, beide hybride nun, einander zugeneigt – mit Akzent, der dazugehört, wie Métail zu ihrem Vortrag sagt, und es stimmt, denn er lenkt die Aufmerksamkeit wie die glitzernde Krone einer Welle, wie der Lichtreflex im Auge eines Menschen auf einem Bild (2849 ff.).

Rilke, der andere Dichter, der in den Sprachen Französisch und Deutsch Grenzen anstieß und mischte, etwa in seinen Briefen, der französische und deutsche Gedichte schrieb, tat dies im Wi(e)derglanz der Moderne. Métail geht sachlicher vor. Eine grammatische Struktur hat den Reim ersetzt. Die Regeln der Sprache zeigen sich als streng, dabei jedoch wunderbar biegsam zu Un-sinn, Ent-Sinnung und Nach-sinnigkeit.

Die Wörter schwanken zwischen ihrer kalligraphischen Form und ihrer Zeichenhaftigkeit, zwischen Ornament und Transport. Wie Schiffe auf Wasser, die ja auch unten und oben schwimmen, sich spiegeln, ankommen, vielleicht trockenfallen, wieder auftreiben. Plötzlich spielt sich in fast jeden Vers das Thema Zufall und Schicksal ein. Wörter werden wechselhaft, Adjektive oder Verben stehen als Substantive im Raum, stapeln sich ineinander. Abkürzungen und Floskeln, wie die Worte Zufall und Schicksal es selbst vielleicht sind, nehmen für ein Stück Fluss überhand, das mit der Weite und Enge einer Sprache in ihren Redewendungen umzugehen versucht (1717 ff.)

Und »der Effekt des Ergebnisses der Folge der Konsequenz des Verfahrens der Verkettung«?

Fühlbarkeit. Die Fühlbarkeit von Materialien, von Zusammengehörigkeit, ein starkes »Gefühl des Wissens des Erkennens der Vermutung des Zusammenhanges des Entdeckten«. Nichts ist, was es ist, für sich. Nichts ist etwas nur für sich. Jedes sprachliche Etwas kommt aus Zusammenhang und geht in einen über. Alles, was wir sprechen, hat eine Umgebung, die immer auch sprachliche Umgebung ist, und nur diese Umgebung gibt ihm Sinn. Mit Métail: »das Vertraute der Umgebung der Aussichten des Zukünftigen des Anzeichens der Weichheit« (0134). Weich werden wir dabei. Wie auch Sprache, wenn sie aufschwimmt, wie Öl auf Wasser, hier mit einer sechszinkigen Gabel gefurcht, und sich zu einem marmorierten Sprachpapier fächert, Teil einer lebenslangen Sprachstrukturengesellschaftserforschungsarbeit, genauer: einer Arbeit der Erforschung der Strukturen der Sprache – des Lebens.

... das einem Fassen nach Fischen gleicht

Ein Fluss. Das ist, auch, die Erfindung einer weitreichenden Verbindung. Etwas, das wir brauchen, um uns zu ernähren, zu bewegen. Um einzutauchen, abzukühlen, fort zu sein, allein – um leichter zu werden, getragen zu sein. Etwas, das wir brauchen, um Wellen zu lesen, ihre Kämme und Täler, ihr Kommen und dann in sechs Takten ihr Gehen. Fluss: sich durch Tag treiben lassen, durch Nacht. Sich etwas nähern, das mitnimmt und zeigt. Ein Gespenst, ein Medium, ein Unterhändler, ein Sender. Einer, der auf Sand druckt, aus Druck und Entspannung besteht, immer rhythmisch, die veränderte Wiederkehr des Gleichen, das sich nicht gleicht, und als dieses Paradox natürlich wird, für uns.

Der Gesellschaftskapitän der métailschen Verse ist das Wasser selbst. Es führt uns in sich ein, wäscht ab, enthält Lebensstationen und -lesarten. Sie erscheinen am Wasser wie Weiden, vom Abendlicht leuchten die Enden ihrer Zweige. Sie berühren den Fluss, in seinem Spiegel ziehen sie, einem Schwarm kleiner Fische gleich, in ihre eigene Unbetretbarkeit.

Und wir? Vernehmen *der der des der des des* – das Murmeln der deutschen Sprache, hören, wie sie an Oberflächen übergeht ins Englische oder Französische, wie Wortfelder sich berühren, wie Latein alles durchzieht. Eine Kette aus Gebrauchsweisen, geregelt von Grammatik und Zeit, von Verstehen und Fassen, das einem Fassen nach Fischen gleicht, Schuppe um Schuppe, denn so folgen Wörter aufeinander, eingefügt in die Matrix einer Syntax, die Verkettung ist, nichts sonst, und uns klarmacht, dass alles, was wir tun, was wir sagen – nein: was wir selbst sind –, nur aus Reihung besteht.

Da sage ich ›nur‹, sage ›bloß‹, sage ›unmerklich‹ oder ›teilweise‹, sage ›Mund‹, sage ›nackt‹, ›nackter Mund‹: auf einem Floß. Und die Wörter, an ihren Enden, in ihren Anschlussstellen gespiegelt, *nur*, *bloß*, An-Kussstellen, die sie nicht sichtbar als Buchstaben tragen, die, unsichtbar, alles beschränken und ermöglichen, ihren systematischen Platz bestimmen, also ihren Luxus und Raum, ihre Atemluft und ihr Wetter, *unsere* Wörter also, ziehen in Wellen durch uns. Wo Sprache sich von uns löst, weiterschwimmt wie die Donau, die im Altiranischen und Keltischen *danu* heißt, Fluss.

Regensburg, Wien, Bratislava, Budapest, Novi Sad, Belgrad, Ruse, Galatz, Schwarzes Meer, Mündungshöhe null. Verzifferung, Zweigung, in Arme gebrochen: Sprache und Fluss.

Wo sie älter sind als wir, ein Reservoir tausender Ideen und Möglichkeiten, noch ungenutzt. Wir leben an Ufern. Unsere Körper bestehen zu zwei Drittel aus Wasser. Nichts ist etwas ohne Fluss. Im Kopfbett liegt-schwimmt unser Gehirn, es ist größer als wir denken, wir gebrauchen nur Teile, elektrische Wellen durchziehen uns. Sprache ist Teil davon, Reservoir, Schöpfgrund und Schöpfung – eine Wasserstelle, die, uns umschwimmend, nach unserer Ausdehnung ruft.

Schreiben und Leben

Antonia S. Byatts Tesaband

Tesaband?

Sollte da nicht »Farbband« stehen – und gemeint sein das Farbband in der Schreibmaschine Antonia Byatts, die, geboren 1936, ihre Texte vielleicht noch mit Hilfe eines mechanischen Apparats verfasst?

Nein. A.S. Byatt, mit vielerlei Wissens- und Medienwassern gewaschen, benützt Computer (jedenfalls mailt sie), und ihre Texte notiert sie, mag sein, mit der Hand, mit einer alten Brother, mit Hilfe eines Sekretärs. Ich weiß es nicht.

Doch ich weiß: ich meine Tesaband. Und einen Apriltag im lang vergangenen Jahr 1993, in Frankfurt am Main.

Der Suhrkamp Verlag gab einen Empfang zu Ehren der englischen Autorin. Eben erschien ihr erstes Buch, *Besessen*, auf Deutsch, drei Jahre zuvor hatte sie dafür den Booker Prize erhalten. Byatt war freundlich, bestimmt, wirkte etwas schüchtern, dabei aber wachsam wie ein Leguan – die runden, dunklen Augen rege – und gab mir ein Interview. Sie trug eine größere, dunkle Handtasche dicht am Körper und roch englisch, ein Hauch Wetter und Tee. Gepflegt sah sie aus, ein wenig akademisch, behütet – glatte, helle, wenn auch nicht weichliche Haut, die ich aus England kannte (nach 20

Jahren Beobachtung vermute ich, dass auch sie zurückgeht auf Tee, ab dem dritten Lebensjahr, mit viel Milch, sowie auf die englische Gewohnheit, im Frühjahr in dünnstem Kleid unglaublich kalte Erdbeeren mit flüssiger Sahne auf feuchtem englischem Rasen zu essen).

Byatts Sprache war präzise und klar, ein Hörgenuss, *very english indeed*. Wir saßen in einer Ecke der Hotellobby, eine Suhrkamp-Pressefrau überwachte unsere Unterhaltung, ich das noch ganz und gar analoge Aufnahmegerät des Bayerischen Rundfunks. Was ich an Byatt sah, hatte ich erwartet – oder vielleicht richtiger: ich sah nur, was ich erwartet hatte. Erst gegen Ende des Gesprächs, es war wohl die Sonne um eine Sesselecke gewandert, blitzte knapp unter der Tischkante auf Byatts Seite etwas auf. Die Autorin, die soeben in *Besessen* mit Verve und *wit* die Welt der universitären Textwissenschaften dargestellt hatte (wobei sie, nachschreibend, wie nebenbei ein ganzes dichterisches Werk aus dem 19. Jahrhundert erfand), die selbst über einen umfassenden akademischen Hintergrund verfügte, extrem belesen, souverän und durch nichts zu überraschen wirkte, diese Autorin hielt eine große Tesarolle in der Hand. Durchmesser sechs Zentimeter mindestens. Transparenter Klebefilm.

In seiner Oberfläche fing sich das Licht.

Byatt wird meinen Blick bemerkt haben. Wie ein zu enges Armband, das man sich dennoch überzustreifen sucht, hing die Rolle zwischen Handfläche und Daumen und drehte sich. Einige Finger hielten, einer ribbelte, voranschiebend, die Klebefolie auf; er bewegte sich ununterbrochen, wie von allein.

Manche Völker erzählen, die Ewigkeit gleiche einem riesigen Berg. Alle 1000 Jahre komme ein Vogel und wetze einmal seinen Schnabel daran; dann sei eine Sekunde vergangen. Byatts Tesaband bewegte sich schneller, menschlicher. Der Schnabel eines Vogels an einem Plastikberg. Doch was trug sie ab? Woran rieb der Finger so unablässig? Plötzlich sah ich doppelt: eine äußere Bewegung – und eine innere hinzu.

Ich erschrak, schob das alles schnell fort. Und doch wurde der kleine Moment zur Haupterinnerung des Tages. Wie kam es, dass die Tesarolle an Byatt so unauffällig, ja geradezu natürlich wirkte? Wieso trug sie sie mit sich? Eine Erklärung drängte sich auf: Byatt war nervös. Das schien mir plausibel, nervös fühlte ich mich schließlich selbst, das Interview war eine meiner ersten Arbeiten für das Radio. Ich beschloss, das Band zu ignorieren. Für den Rest des Gesprächs war ich der Autorin einfach dankbar, dass sie nicht rauchte.

November 2006, eine Hotellobby in Köln. Vielleicht hatte man mir schon '93 vor der Begegnung mit Byatt eingeschärft, nicht nachzufragen, falls plötzlich ein großes Sellotape in ihren Händen erscheinen sollte. Weil wir dazu neigen, so etwas als »Tick« zu betrachten? Und es uns peinlich ist – nicht für jenen übrigens, der den »Tick« hat, sondern für uns? Keiner weiß recht, wie er mit dem gezeigten Verhalten umgehen soll, also will man das Zeichen nicht wahrhaben. Und doch spüren wir, selbst wenn wir wegzusehen versuchen, dass es von einer Verletzung, von etwas Intimem spricht.

Da saß sie wieder, A.S. Byatt, klein, rundlich, ein wenig verloren auf dem großen Sofapolster, mit Handtasche, kaum gealtert (vgl. auch Fotos der englischen Königsfamilie, weiblich, sowie Haut/Tee). Sie hielt eine Rolle Tesafilm, Bürogröße, in den Fingern. Nur die Hotelkulisse inklusive Verlagsfrau schien sich verändert zu haben. Ich freute mich,

Byatt zu sehen. In Vorbereitung des Treffens hatte ich einige ihrer Bücher wieder oder zum ersten Mal gelesen. 13 Jahre waren vergangen, und, seltsam genug, am stärksten machte sich die vom Leben »abgewetzte« Zeit bei der Lektüre bemerkbar.

Wie deutlich etwa trat jetzt die postmoderne Zeitstimmung Ende der 80er-Jahre in *Besessen* hervor. Und wie aufregend war es, endlich die ganze Gestalt von Byatts Romantetralogie sehen zu können: soeben wurde der letzte Band, *Frauen, die pfeifen*, auch in Deutschland publiziert (in England war er 2002 erschienen). Schon 1993 hatte die Autorin viel von der fortgesetzten Geschichte Frederica Potters gesprochen, eines nordenglischen Mädchens, das, nur wenig jünger als seine Erfinderin, wie diese in Cambridge studiert, ein belletristisches Buch veröffentlicht, nach London geht etc. Die ersten beiden Teile, *Die Jungfrau im Garten* und *Stilleben*, wurden auf Englisch schon 1978 und 1985 gedruckt; als ich Byatt kennenlernte, schrieb sie an der dritten Folge des Quartetts (*Babel Tower*, 1996, deutsch 2004). Jeder der Romane kann als Einzelwerk gelesen werden; gemeinsam aber erzählen die vier Bücher eine doppelt spannungsreiche Geschichte:

Zum einen Fredericas Leben zwischen 1952 und dem Beginn der 70er-Jahre, vom Ende der Schulzeit über das Literaturstudium zur ersten Ehe und deren Scheitern. Die Romane wissen von Fredericas Liebe zum Lesen, ihren anderen Lieben, ihren Verlusten, ihrem Sohn, ihren Freunden, Eltern und Geschwistern, sie wissen zudem von Wissenschaft, Politik, Revolten und Utopien, von Patchworkfamilien, Gemälden, Religion, Genetik, Biologie und Musik.

Zum anderen sind sie das Ergebnis eines über mehr als 25 Jahre währenden Schreibprozesses. Was bedeutet das: 25 Jahre mit einem festen Set von Figuren und ihren erzählerischen Formen leben, mit Erfindungen entlang einzelner Motive aus dem ersten Roman oder aus den Entwürfen, einer Zeit also, zu der man selbst, notwendigerweise, eine andere war, als man es bis zum Schreiben des letzten Buches geworden ist.

Byatts Daumen knispelte das Tesaband. Nicht aus Nervosität; die Autorin schien mir gelassen, inzwischen kannte sie den *Insel*-Verlag besser, ebenso ihr deutsches Publikum. Als wir schließlich auf der Bühne des Kölner Literaturhauses saßen, antwortete sie gelöster als früher und sprach, von sich aus, ihre persönliche Geschichte an.

Antonia Byatt erzählte, wie es war, als ihr Sohn im Sommer 1972, ein paar Tage nach seinem elften Geburtstag, von einem betrunkenen Lastwagenfahrer auf einer Londoner Straße überfahren wurde. Byatt arbeitete damals als Lecturer am University College London, sie hatte einen Roman und verschiedene Studien zu englischen Autoren veröffentlicht. Nach diesem Tag im Juli 1972 konnte sie nicht mehr schreiben.

Eine Art innerer Taubheit (doch das ist eine Metapher)? Die Verschüttung einer fühl-denkenden, wachen Fähigkeit? Und die Verzweiflung, weil man nicht weiß, ob diese Fähigkeit jemals wiederkehrt. Ein Verlust, ein zweiter obenauf.

Es war ganz still im Saal. Byatt beschrieb ihre Gefühle nicht, weder Trauer noch Bangen, weder Stummheit noch Wut. Doch jeder konnte etwas davon spüren wie einen Raum aus dem eigenen Leben; die Tür dorthin war ein Stück geöffnet worden. Mir fiel ein, dass man mir einmal sagte, an den Tesabändern ribbele sie seither.

Byatt schrieb weiter, irgendwann, Jahre später. Sie hat den Mut, mitsamt der Tesarolle auf die Bühne zu gehen. Wer es sehen will, kann es sehen; Byatt zeigt es uns, weil es sich nicht verbergen lässt. Und weil es, verstehe ich, zu ihrem Schreiben gehört, insbesondere zu der Familientetralogie, die sie nach dem Tod ihres Sohnes begann. Wir kennen Narben auf der Haut. Ich lerne an diesem Abend, dass es Narben gibt, die aus Gesten bestehen. Wenn Byatt über ihre Bücher spricht, leuchtet ihr Gesicht auf. Sie ist ganz bei der Sache. Doch ihre Finger kratzen, transparente Flöckchen rieseln auf den Bühnenteppich. Wo Byatt für eine Weile saß, liegt am Ende ein kleiner Haufen Plastik am Boden. Die einzelnen Teilchen sieht man kaum. Sie sind mehr eine Erinnerung als noch real, mehr ein Phantom als ein Körper. Aber sie sind da.

Vielleicht hinterlassen wir alle solche Spuren. Immer fällt etwas von uns herunter, immer suchen Hände nervös nach Halt. Zumeist wissen wir das einzupendeln auf das allgemein akzeptierte, daher unauffällige Maß: greifen nach einer Zigarette, legen die Finger aneinander, streichen uns durchs Haar. Immer wieder berühren wir uns selbst, im Wachsein wie im Schlaf – damit wir wissen, wer wir eben noch waren? Denn angestoßen scheinen wir alle zu sein, jedem von uns hat, hie und da, »das Leben« einen Schlag versetzt.

Von der Hoffnung, dem Ende zu entkommen

Byatts Romanquartett erzählt in Ausschnitten die Geschichte einer fiktiven nordenglischen Familie. Lebenslinien entwickeln sich, bilden Knoten, gehen verloren. Wir, die Leser, springen mitten in ausgefeilte, turbulente Geschehen, und fallen mit dem Ende des Buches wieder heraus. Byatt allerdings wäre nicht Byatt, machte sie diesen Prozess selbst nicht ebenfalls irgendwann zum Thema. Dies geschieht auf raffinierte Weise: Motti stimmen ein – *Die Jungfrau im Garten*, der erste Roman des Quartetts, ist dem toten Sohn gewidmet, der letzte, *A Whistling Woman*, beginnt mit einem Spruch der Großmutter der Autorin: »Frauen, die pfeifen, und Hühnern, die krähen, soll man beizeiten den Hals umdrehen.«

Im letzten Quartettroman folgen diesem Satz als eigentlicher Textbeginn zehn kursiv gedruckte Seiten, die erzählen, wie zwei Knaben und eine Frau auf dem Weg in ein neues, rettendes Zuhause, eine Eiswelt durchqueren müssen, die von pfeifenden Frauen beherrscht wird. Sie saugen jeden Reisenden aus, aber als sie nach einem der Jungen greifen, gelingt es diesem, ihre Sprache, das Pfeifen, verstehen zu lernen. Nun wollen sie ihre Geschichte erzählen, nun schonen sie die Eindringlinge.

Abrupt endet der kursive Text, der Leser staunt und findet sich in eine Erzählrunde in einem Londoner Stadthaus katapultiert. Was er als Anfang nahm, entpuppt sich als das *happy end* einer im Roman von Fredericas Mitbewohnerin Agatha erzählten fantasy-Geschichte.

Das sind zwei Sprünge in einem: ein Anfang (der von *Frauen, die pfeifen*) ist zugleich Ende von etwas anderem. Und die realistische Geschichte, Fredericas Leben in London und Nordengland in den späten 60er-Jahren, beginnt in einer imaginierten, allein in Phantasie und Worten existierenden Welt.

In ihrer Kolumne in der *New York Times* sorgte Byatt vor einiger Zeit für Aufregung, weil sie Harry-Potter-Lesern vorhielt, sich mit fast food fantasy, mit »ersatz magic« abspeisen zu lassen. Das trug ihr den Vorwurf ein, *snobbish* zu sein; doch berührt das Thema, wie der Anfang von *Frauen, die pfeifen* zeigt, einen essenziellen Interessenpunkt ihres eigenen

Schreibens. Es ist realistisch, wenn man darunter das Aufgreifen, Widerspiegeln, Zeigen, Verzerren und dadurch erneute Zeigen »unserer Welt« meint, mitsamt ihrer durch Wünsche, Sehnsüchte und Gefühle erzeugten Sprünge, mitsamt ihrer imaginären, phantastischen, »nur« denk- und ausdenkbaren Wirklichkeiten, die Teil jeder Lebensrealität sind, einschließlich der schönen, stets aufs Neue unbeantwortbaren Frage »was ist ein Mensch? Wie wollen wir das wissen?«[1]

Da sind Weltenwechsel programmiert: Biologen, Mathematiker, Textwissenschaftler, Soziologen, Historiker, Halbmagier, Pfarrer und Schneckenforscher geben sich in Byatts Romanquartett die Hand, faszinierende Blicke auf Ameisen, Bäume, Gräser gehören ebenso zum Repertoire wie das Eintauchen in religiösen Wahn, die glaubwürdige Beschreibung einer Krankenhausgeburt in den 50er-Jahren, einer frisch treibenden Pflanze an einer Mauer, eines Gemäldes van Goghs. Ein Stück fantasy-Literatur ist in solch einem Gesamtbau kein Fremdkörper, sondern ein weiterer Modus, die Fähigkeiten menschlicher Imagination und Erkenntnis auszuschöpfen bzw. anzuregen. Eben so versteht Byatt fantasy – und für diesmal ist es richtig, darin das Wort ›Phantasie‹ mitzuhören –, und so beginnt *Frauen, die pfeifen* mit dem Ende einer »phantastischen« Geschichte.

Margaret Atwood hat in *Der blinde Mörder* ihrerseits jüngst die Probe darauf gemacht, wie fantasy-Elemente in einer »realistischen« Romanwelt wirken. Tatsächlich gewinnt bei ihr die in verstreuten Blöcken erzählte Liebes- und Rettungsgeschichte ein ganz eigenes Momentum, das die beiden ›Real‹-Figuren, die als Erzähler und Hörerin die fantasy-Welt teilen, stark miteinander verbindet. Byatt verfährt anders: ihre fantasy-Erfindung bleibt Fragment. Wir erfahren nur das Ende – die pfeifenden Frauen, ihrerseits Vertriebene, geleiten die Menschenwesen zu deren Ziel. Dort werden die Ankömmlinge erkannt und in die Gemeinschaft aufgenommen.

Quite a happy end, ja. Was allerdings aus den pfeifenden Frauen wird, bleibt unentschieden. Den Londoner Hörern schmeckt dieser Abschluss ganz und gar nicht, doch sowohl Agatha als auch Realautorin Byatt bleiben hart: das Ende steht, es kann nicht verändert werden. Doch, kleiner Trost, auf einer anderen Erzählebene setzt die Geschichte sich fort; *Frauen, die pfeifen* berichtet vom Schicksal des Buches, zu dem die Pfeifende-Frauen-Geschichte in der Romanwelt schließlich wird. Was hier passiert, klingt wie ein Traum – ein weiteres, erstaunlich glückliches Ende: die Veröffentlichung hat großen Erfolg und führt Agatha in eine wie es scheint erfüllte Liebesbeziehung. Das mag kitschig klingen, wirkt innerhalb des Romans aber nicht abgeschmackt, weil dieser Sequenz andere Buch- und Rezeptionsgeschichten kommentierend und relativierend zur Seite stehen.

Dieses Beispiel erhellt ein Grundverfahren byattschen Erzählens: stets sind die Romane vielsträngig, große Gewebe-Stücke, die ihre Themen von zahlreichen Seiten beleuchten und gern »schräg« anschneiden. Wie man etwas zeigt, indem man es in Kontexte stellt, spiegelt, zerlegt oder neue Verbindungen schafft, ist das eigentliche Thema und geheime Erfolgsrezept von Fredericas Fernsehsendung *Hinter den Spiegeln*. Es ist Thema in den Beziehungen, die die Romanfiguren untereinander eingehen, und es spiegelt sich wider in der Frage nach der Erzähltechnik der Romane und der in ihnen wiedergegebenen Geschichten – hier schließt sich der Kreis. So liegt nach dem Beginn mit einer im Roman erzählten

Geschichte von Anfang an die Frage auf dem Tisch, welche Wünsche wir an Fiktion haben, welche Sehnsucht uns zum Lesen treibt.

Einen Roman mit dem Ende einer Binnengeschichte zu beginnen, ist eine schöne, weil wagemutige Bewegung. Sie riskiert doppelte Unzufriedenheit: irritiert hält der Leser nach den ersten Seiten von *Frauen, die pfeifen* inne. Fort sind die Figuren, auf die man sich einließ – ihre Geschichte verpufft. Stattdessen sitzen ganz andere da. Immerhin ärgern die sich ebenfalls: was einem da eben geboten wurde, war nun wirklich kein »richtiges« Ende. Weil es Fragen offen ließ? Weil es ein so unproblematisches Ankommen bei Fremden im wirklichen Leben nicht gibt?

Oder liegt die Antwort gar nicht beim Inhalt des Buches, sondern in der Psyche des Lesers: weil wir zwar glückliche Enden wollen, aber doch auch Spannung und Drama? Schönstes und Schlimmstes – in einem? Oder ist es noch intrikater und einfacher zugleich: weil wir wollen, dass es weitergeht?

Hier gibt Byatts Romanquartett eine eindeutige Antwort: dem Ende entkommt keiner. Es kann, vielleicht, manchmal, ein glückliches werden. Doch ein Ende muss sein.

Und noch ein Zweites lehrt der Anfang von *Frauen, die pfeifen*. Autorin Agatha sieht sehr wohl, welche Reaktionen sie bei ihren Zuhörern auslöst, sie bedauert das – aber kann ihr Ende nicht umschreiben. Fürs Erste lässt Byatt uns mit dieser Feststellung allein, doch greift sie das Thema später in vielfachen Brechungen wieder auf. Gegen Ende des Romans erscheint die Frage, wie ein Stück Literatur enden kann oder darf, erneut. Und erneut ist das Ende, diesmal dank eines Autors namens Shakespeare, mit fantasy versetzt.

Einige der Romanfiguren spielen *The Winter's Tale*, andere

sehen zu. Der pater familias, Bill Potter, und Schwiegersohn Daniel tauschen beim zweifelhaften Glücksende der Komödie einen wissenden Blick. König Leontes hat, durch eigene Schuld, vor 16 Jahren seine Frau verloren, doch erhält er nun die Tote dank eines märchenhaften Tricks zurück: eine Statue wird lebendig.

Die Frage danach, wie literarische Texte enden, ist alles andere als belang- oder harmlos. Sie hat, so Byatts Romanquartett, essenziell damit zu tun, dass und wie unsere Leben enden. Langsam enthüllt sich der Zusammenhang. Vor vielen Jahren ist Daniels Frau Stephanie, Bill Potters ältestes Kind, bei einem Unfall ums Leben gekommen. Nach der Theateraufführung stellt der Vater fest:

> Jetzt habe ich es *begriffen*. Man ist nie zu alt, um etwas zu begreifen. Mit den späten Komödien verhält es sich nämlich so, dass ihre Wirkung, das, was die Zuschauer empfinden, überhaupt nichts damit zu tun hat, dass man mit einem Happy-End abgespeist wird, obwohl man eine Tragödie miterlebt hat. Es geht um die Kunst, um die Notwendigkeit der Kunst. Das menschliche Bedürfnis, sich von der Kunst täuschen zu lassen – das Happy-End ist zulässig, weil es im Leben eben nicht stattfindet und weil wir das wissen, wenn wir alt genug sind, weil wir ein Recht auf die Ironie eines Happy-Ends haben, weil wir eben nicht an so etwas glauben. Hörst du überhaupt zu?[2]

Bill spricht zu seiner zweiten Tochter, Frederica, die sich geistesabwesend wegdreht. In der Schlussszene des Romans, 30 Seiten später, steht sie selbst auf einem Hügel, in einem (ironischen?) Laura-Ashley-Kleid, das sich über ihrem schwangeren Bauch wölbt. Der bislang ahnungslose Erzeuger des Kindes sieht sie, begreift und – akzeptiert freudig. Eine kleine Patchworkfamilie (Fredericas Sohn aus erster Ehe ist auch dabei) zieht in die Welt. »Wir werden uns was ausdenken«, lautet der letzte Satz, ein Happy End, zwar nicht auserzählt, aber mehr als angedeutet.

Glaubwürdig? Innerhalb der Romanwelt ja. Doch klappt man das Buch zu, stellt die Frage sich ein zweites Mal. Wie ist es um die Unterschiede zwischen Leben und Fiktion bestellt? Dürfen wir von Literatur ein Stück Trost, auch Erleichterung, ein Stück Flucht und Aufhebung der strengen Lebensregeln erwarten? Byatt würde das wohl bejahen, zugleich aber darauf beharren, dass dieser Trost als Illusion der Kunst sichtbar bleiben müsse, so dass wir die Kluft spüren zwischen dem, was erfunden ist, also uns zum Vergnügen geordnet wurde, vielfach bewegt und durchdacht – und dem, was wir selbst leben, wo Ordnung, ja Sinn, stets Frage bleibt.

Ein Happy End, und keines. Manchmal, wenn wir nachlauschend lesen, spüren wir beides: wie wir teilhaben an der Fiktion und doch außerhalb ihrer stehen – wie die Welt, in der wir leben, und jene, die wir uns vorstellen, sich berühren, aneinander reiben, sich wieder trennen. Und eben dadurch jene Spiegelung entsteht, die uns, Phantom auf liebendem Grund, wahrhaftig und doch verschoben, wahrhaftig unsselbst-anders umspielt.[3]

Dort pfeift *Frauen, die pfeifen* uns die Melodie eines Widerspruchs: Der alte, schöne Traum vom glücklichen Ende wird in der fantasy-Geschichte und stärker noch bei Shakespeare, der dank (Bühnen-)Zaubers eine Tote vom Leben erweckt, umgesetzt. Für die Autorin Byatt und ihr Werk aber gilt, ein ambivalentes ja *und* nein: Enden sind, einerseits, aufhebbar,

indem man »phantastische« oder shakespearesche Glücks-
lösungen zitiert bzw. die Erzählebene wechselt – etwa die
fantasy-Geschichte als Veröffentlichungsgeschichte weitererzählt, als Geschichte vom Gelesenwerden. Andererseits: das
Ende selbst bleibt bestehen, es ist »hart«, ein Faktum, zwar gesetzt, doch so wenig rücknehmbar als wäre es wirklich. *Stilleben*, der zweite Roman des Quartetts, handelt eben davon;
sein Ende strahlt in alle nachkommenden Texte aus.

Von der Macht des Endes

Vier Romane, ein Lebenszusammenhang, über 20 Romanjahre hinweg erzählt. Welch alter und noch immer kräftiger
Lesereiz: ab und an wissen wir als Leser, was den Figuren
auf immer verborgen bleibt; und was uns im eigenen Leben
verwehrt ist, erfüllt sich in Bezug auf die fiktiven Personen:
wir hören von ihrer Zukunft, bevor sie eintrifft. Schon in
den ersten beiden Romanen des Quartetts arbeitet Byatt mit
dieser Spannung. *Stilleben*, der für mich intensivste der vier
Romane (er spielt 1953–56), beginnt in der Londoner Royal
Academy of Arts im Jahr 1980. Hier sehen wir, ob wir wollen
oder nicht, wer überlebt hat; dass dem so ist, dämmert uns allerdings erst gegen Ende des Romans.

Nach den Bildern van Goghs erscheint, als erste Figur der
eigentlichen Handlung, Fredericas Schwester Stephanie. Sie
ist im sechsten Monat schwanger, wartet in der »Beratungsstelle für werdende Mütter« auf eine der üblichen Kontrolluntersuchungen und versucht, die triste, unfreundliche Umgebung
zu vergessen, indem sie Wordsworths *Ode an die Unsterblichkeit*
liest. Stephanie hält sich an ihrem Text fest – und ist folgsam:

Als eine Frau mit akuten Bauchschmerzen vom Personal dazu gezwungen wird, sich ebenfalls in die Schlange einzureihen, redet Stephanie der anderen noch zu, nicht zu protestieren. Die Fehlgeburt, die die Frau dann noch während der Wartezeit erleidet, hätte sich vielleicht vermeiden lassen, wäre sie sofort behandelt worden; Stephanie wirft sich nun ihr eigenes Verhalten vor.

Leben sind empfindlich; die kleine Szene erzählt, wie langsam sie wachsen, wie abrupt sie enden können, ohne ersichtlichen Grund, fast als wäre es ein Nebenbei. Wordsworths Gedicht, im Gegenzug, handelt davon, was da ist – Erde, Fels, Stein und Baum. Von Anfang an stellt der Roman das älteste der Potterkinder, eine junge, gesunde Frau, zwischen den Polen Leben und Sterben auf. Stephanie ist Byatts Figur, die an Tesabänder erinnert, an tastende Finger darauf. Immer hält sie etwas in der Hand: sie strickt, näht, trägt ein Kinderspielzeug, eine Katze, Küchengeräte, am Ende ihr zweites Kind, und hie und da, doch immer seltener, auch ein Buch. Denn sie trägt, im metaphorischen Sinn, für eine Zeit ihren jüngeren verstörten Bruder Marcus, und auch einen Großteil der Verantwortung für das Wohlergehen ihrer egoistischen Schwiegermutter, die bei ihr wohnt. Nach glänzenden Abschlüssen in der Schule und in Cambridge wird Stephanie, so spottet Frederica, zur »ganztägigen Pfarrhausgattin«, und tatsächlich gibt Stephanie die Idee, etwas zu Wordsworth zu schreiben, nach einem einzigen Besuch in der Bibliothek wieder auf.

Sieht man genau hin, entdeckt man das Thema ›Ende‹ überall – jeden Anfang begleitet es. Und doch bleibt man ahnungslos. Ohne Verbrämung und ohne künstliche Dramatik wird die Geburt von Stephanies Sohn geschildert. Alles findet seinen Platz: die Geschäftigkeit des Personals, seine Floskeln und die strengen (aus heutiger Sicht unsinnigen) Regeln, die der Gebärenden das Gefühl geben, ständig erniedrigt zu werden, die Zerreißungsängste Stephanies, die Ekstase am Ende der Geburt – und ihr schnelles Abebben. Schmerzen kommen und gehen, und kommen verstärkt wieder. Zehn Seiten mächtiger, matter of fact-Prosa, gefühl- und gedankenvoll.

Alles geht gut. Das Unheil schleicht auf leisen Pfoten. Schon in der *Jungfrau im Garten* trat Stephanie, milde, großbrüstig, blond, in ihrer allerersten Szene als Mädchen auf den Plan, das versucht, drei frühgeborene Katzen zu retten. Nun, ein paar Jahre später, bringt ihr Bruder Marcus eine angefahrene schwangere Katze ins Haus. Das Tier und seine Jungen kommen durch; »sieh nur, wie voller *Leben* sie sind«[4] begeistert sich Stephanie. Monate später schleppt eines der Jungen einen Sperling ins Zimmer. Stephanies kleiner Sohn kann schon sprechen, er will, dass der Vogel gerettet wird, seine Mutter greift ein, am Ende flüchtet die Katze aus dem Zimmer, der Vogel flattert aufgeregt darin umher. Abends, die Kinder liegen im Bett, kommt Marcus zu Besuch. Gemeinsam versuchen die Geschwister, den Sperling hinauszuscheuchen, doch er fliegt in die Küche, unter den Kühlschrank. Dort sitzt er auf der Kante der nach innen gebogenen Verkleidung. Stephanie legt sich auf den Boden, krempelt den Ärmel hoch und schiebt den Arm unter die Maschine.

Und dann versetzte der Kühlschrank ihr den Schlag. Als der Schmerz sie durchdrang, als ihr Arm, mit dem Metall verschmolzen, brannte und pochte, als ihr Kopf sich füllte, dachte sie: »Das ist es also« und dann, als sie in einer plötzlichen Eingebung Köpfe auf Kissen vor sich sah: »Was soll aus den Kindern werden?« Und dann das Wort

Altruismus und Erstaunen darüber. Und dann dunkle Schmerzen und noch mehr Schmerzen.[5]

Marcus steht reglos da. Statt den Stecker des Geräts zu ziehen, rennt er zur Haustür, ruft nach Hilfe, läuft zurück. Endlich schaltet er den Kühlschrank ab. Doch Stephanie ist tot. Ihr Mann Daniel wundert sich, als er bei seiner Rückkehr seinen Vorgesetzten und Marcus im Haus findet, »über deren Köpfe unvermittelt ein Sperling in die Dunkelheit hinausflog«[6].

Alles ist gekippt – von einer Minute zur anderen. Was das bedeutet, kann man *in nuce* an dem Sperling beobachten. Ein einfacher Gartenvogel, bis der Unfall passiert. Als er danach über Daniels Kopf hinweg aus dem Haus taumelt, hat sich seine Bedeutung verändert. In unserer Kultur werden Vögel mit Unglück verbunden, aber auch mit Seelen und ihrer Wanderung. Der Text braucht das nicht auszusprechen, das Bild des in die Nacht hinausstürzenden Sperlings tut es von selbst. Und etwas Zweites wird lesend erfahrbar: Stephanies Sterbeszene ist extrem kurz. Ein allwissender Erzähler berichtet; er könnte weiter ausholen, doch Autorin Byatt lässt ihn hier, anders als in der Geburtsszene, nur wenig sagen. So erzählt der Roman durch seine Form: wer Schmerzen fühlt, lebt. Und erzählt: der Tod ist schnell. Überraschend, vermeidbar, überflüssig, trivial und – schon passiert.

Jene, die überleben, sind plötzlich »übrig«, nicht mehr eine Familie, sondern »der Rest«. Daniel, in den Tagen nach dem Tod seiner Frau:

> Mit der zielstrebigen Rastlosigkeit, die diesen Zeitabschnitt kennzeichnet, begann er, Dinge umzustellen. […]
> Das Ausmaß, in dem er bei all diesen Tätigkeiten gewalt-

tätige Gefühle unterdrückt hatte, wurde ihm erst bewusst, als er eine Woche darauf den Wäschekorb im Bad öffnete und darin am Boden zusammengerollt wie angriffsbereite Schlangen einen Büstenhalter, ein Höschen und einen Unterrock fand. Es war das erstemal, dass ihm Tränen in die Augen traten, weil er unvorbereitet war. Dann heule, sagte er sich, als er im Badezimmer stand und die Gespenster der Behausung ihres Körpers in seinen ungeschlachten Fingern hielt, heule. Er konnte es nicht.[7]

Und der Erzähler:

Beim Roman verlangt das Dekorum mehr oder weniger, dass dem Schmerz, dem Kummer keine Zeit eingeräumt wird. [...] Es gibt die Versuchung, den nächsten Abschnitt in ihrem Leben flüchtig zu behandeln, insbesondere was Daniel betrifft. Dies kommt einem ein wenig wie Diskretion vor: Es ist sowohl englisch als gelassen, sich für eine Zeitlang abzuwenden und den Erzählstrang erst wieder aufzunehmen, wenn es etwas zu erzählen gibt.[8]

Byatts Roman bleibt bei Daniel; bei ihm endet er.

Dass Enden in der Kunst anders sein sollen oder dürfen als im Leben, gilt für das Romanquartett im Ganzen, nicht aber für Stephanies Tod. Er hat etwas Unheimliches mit unseren wirklichen Erfahrungen gemein: er hört nicht auf. Die folgenden Bücher zeigen, wie Stephanies Fehlen sich auf die Leben ihrer Eltern, Geschwister, ihres Mannes und ihrer Kinder auswirkt. Eben dadurch wird die Unumkehrbarkeit von Zeit spürbar. Romane sind schneller als Leben, nicht unbedingt für den, der sie schreibt (da sind sie oft langsamer), aber für jenen, der lesen darf. So gelingt es im Roman, der doch »Lüge« ist und Artefakt, durch Bündelung fühlbar zu machen, was wir erfahren können oder müssen. Fiktion nimmt unsere Aufmerksamkeit nicht für sich ein, indem sie versucht, »Leben« nachzuahmen (weswegen beim Schreiben auch das Argument »aber es war doch wirklich so« nicht verfängt) und ebenso wenig, indem sie Symbole baut bzw. Verknüpfungen zieht. Sie tut es, indem sie von einer Grenze spricht und dann auf ihr beharrt: Stephanie bleibt tot; Agatha, Autorin der fantasy-Erzählung von *Frauen, die pfeifen*, kann das Ende ihrer eigenen Geschichte nicht ändern. Sie ist hilflos. Im Zulassen dieser Hilflosigkeit kommt Literatur dem Leben nahe.

Sieht man, wie Byatt nach der Lesung das Tesaband kurz in ihre große Tasche steckt, um zu signieren, wie sie ihre eigenen Bücher aufschlägt, den Kopf beugt, mag man für einen Augenblick ahnen, wie verletzlich auch Schreiben ist, wie knapp. Und wie es zusammenhängt mit dem, was wir abkürzend »Leben« nennen, verwoben in seine Anfänge und Enden. Während zum Ende von *Frauen, die pfeifen* die Figuren in andere Leben aufbrechen, über die geschriebenen Seiten hinaus, bleibt *Stilleben* in seinem Ende stehen – es schwingt darin und erträgt es, für eine Weile dort zu sein.

Hier ribbelt Byatt das Band.

Vom Gewinn der Leser

Der allwissende Erzähler von *Stilleben* meldet sich zwar kaum als eigenständige Stimme zu Wort, ist aber ständig anwesend. Er dringt ins Innere der Figuren, schneidet Szenen, kennt die Zukunft und sogar alternative Lebensläufe. Die leidige Frage »was wäre passiert, wenn«, die man sich selbst manchmal stellt, ohne jemals eine Antwort zu erhalten, führt er einmal in Bezug auf Fredericas Liebhaber aus, bis uns wunderbar der Kopf schwindelt.[9] Äußert er sich direkt, handelt er von Fragen des Erzählens; da er als Figur nicht ausgebaut ist, klingt, was er sagt, als spreche uns die Autorin unmittelbar an.

Marcus, das jüngste der Potterkinder, ist scheu und eigen. Als Knabe war er ein Mathematikwunder, nun, in seinen letzten Schuljahren, weiß keiner, was aus ihm werden soll. Während des Romans *Stilleben* erholt er sich von einer Krise; durch zwei Freundinnen entdeckt er Tiere und Pflanzen und spürt, zu seiner Überraschung, dass er beim Betrachten einer Ulme vollkommen glücklich wird.

Byatt versteht es, genau hinzusehen. Die Beschreibung des Baumes gelingt atemberaubend[10], die Autorin mischt Wissen, Bild und Figurenperspektive, spricht von Chlorophyll und Photosynthese auf eine Weise, dass man den Ausdruck, Bäume äßen rotes und blaues Licht, zum ersten Mal versteht und geradezu fühlt, dass das Grün der Blätter nichts als Licht ist, von innen und außen zugleich. Marcus löst sich in Neugier auf, ganz begehrendes suchendes Auge – und findet eben darin Trost.

Etwas später schreibt er eine Schularbeit über Gräser. Hier mischen sich sein eigener Blick und die kommentierende Erzählstimme:

Woher kommt die tiefe Befriedigung, die sich bei dieser Art von Auflistung einstellen kann? Oder noch schlichter beim Verfassen von Listen und Zeichnungen wie dieser, die Marcus erstellte:

Alopecurus – Fuchsschwanzgras

Phalaris – Glanzgras

Phleum – Lieschgras

Lagurus – Hasenschwanzgras

Milium – Flattergras

Gastridium – Nüsschengras

Stipa – Federgras

Aira – Schmiele

Arrhenatherum – Glatthafer

Hierochloe – Liebfrauengras

Panicum – Hirse

Poa – Rispengras

Briza – Zittergras

Cynodon – Hundszahn

Triticum – Weizen

Lolium – Lolch

Anthoxanthum – Ruchgras[11]

Der Erzähl-Autor gibt zu, dass er einen Roman des Benennens und der Genauigkeit schreiben wollte, einen Roman, der sogar auf sprachliche Bilder verzichtete.[12] Doch das misslang schnell. Schon im Benennen werden, wie die Liste zeigt, Metaphern gebildet. Die Gräser mutieren zu »kleine[n] Sprachbilder[n]«[13]. Der Sperling fliegt aus dem Zimmer – und wird unter der Hand ein Bild allein dadurch, was zuvor im Roman geschah. Was Kultur und Sprache im Köcher führen, fliegt wie von selbst in unseren Köpfen mit. Versatzstücke, Benennungen – überall schwingen Bilder, die andere gesehen haben, vermittelt sich ihr Wissen, aber auch ihr spezifisch gefärbter Blick. Auf Grund der in Worten enthaltenen Deutungen und Interpretationen tritt ein literarischer Text schon mit dem ersten Satz ins alte Erzählen »phantastischer« Geschichten vom Menschen und seiner Welt.

Marcus, unter dem Baum, bewegt sich zwischen Pflanzen- und Menschenwelt. Eben hier stößt ihm, dem einzigen Nichtleser der buchbesessenen Potterfamilie, das Lesen zu. Die Augen gehen ihm auf er ordnet, erkennt Formen, lernt Namen. Er kann sich vorstellen, was unter der Baumrinde geschieht, sieht durch die Erde zu den Wurzeln. Zu seinem eigenen Erstaunen erfährt er auf diese Weise etwas über sich. Wer man selbst ist (sein kann), wird auch davon bestimmt, was man an Dingen und anderen Menschen wahrzunehmen imstande ist. Die Gräser, amorphe Masse zuerst, deren Pollen Marcus zur Verzweiflung bringen (seine Augen schwellen, er bekommt kaum Luft), werden für ihn zu einem Buch der Bilder und Vergleiche, wie *Stilleben* selbst es ist. Es handelt von der Liebe zu allem Lesbaren, zu Wissen und Neugier – und es handelt von Literatur als Lebensmittel. Am Ende des Romanquartetts entdeckt auch Frederica das Unterrichten von Literatur und somit das Lesen wieder für sich. Mitten in einem Vortrag über den Roman *The Great Gatsby* lässt sie ihr Skript sinken und setzt ganz neu an:

Wissen Sie, ich habe eben erst begriffen, wie gut diese Stelle wahrhaftig ist [...] Frederica starrte beinahe wütend auf die Klasse, die zurückstarrte, und dann lächelten sie, ein gemeinsames Lächeln der Freude und des Verstehens. Ihr ganzes Leben lang sollte Frederica immer wieder an diesen Moment zurückdenken, an die Veränderung der Atmosphäre, das Sträuben der Härchen, daran, etwas, von dem sie gedacht hatte, sie kenne es, *wahrhaftig Wort für Wort zu lesen*.[14]

Hotellobby Köln, nach Mitternacht. Byatt ribbelt ihr Tesaband. Eine Bewegung, zwei Gesten, eine außen, eine innen. Eine Weile sitzen wir noch zusammen. Tesaschnipsel schweben auf den Teppich. In der Morgensonne, wenn die Leben, die sich am Abend vorher versammelten, längst weitergezogen sind, mag das eine oder nächste aufglänzen. Anders als 1993 weiß ich heute, dass eben dies ›Publikum‹ heißt: für Augenblicke die Leben anderer zu berühren. Weiterziehen, in alle Winde verstreut – und doch lesen und hören, sich erinnern an eine Hand. Die Schnipsel, gewiss, saugt ein Staubsauger auf. Aber die Rolle wird weiter entrollt.

Lange klang Byatts Doppelfrage aus *Stilleben* nach: »Was ist ein Mensch? Wie wollen wir das wissen?«[15]

Die Antworten darauf sind Legion – bunte Gräser, schillernde Bildpakete, Erfindungen wie die Literatur selbst. Und doch, eine spezifische Antwort auf das »wie« der Frage schenken Byatts Romane uns. Sie betrifft den Weg, nicht das Ergebnis. Sie ist einfach gesagt.

»Was ist ein Mensch? Wie wollen wir das wissen?«

Durch Lesen.

Wahrhaftiges, lustvolles, genießendes Lesen.

Anmerkungen

»Was den Mund umspielt, so lind«
Annette von Droste-Hülshoff und das Schleichen
der Spione

Rede anlässlich der Verleihung des Drostepreises der Stadt Meersburg
am 28. Mai 2006, veröffentlicht in *konzepte 27*, S. 80–87

»Das Spiegelbild« wird zitiert nach: Annette von
Droste-Hülshoff, *Sämtliche Gedichte*, Frankfurt am Main 1988. S. 158 f.

Madame Bovary, c'est moi
Gustave Flaubert versucht die Lektüre der Frauen

Vorstufe: »Sinne« in *Erst lesen. Dann schreiben. 22 Autoren und ihre Lehr-
meister*, hg. von Stephan Porombka und Olaf Kutzmutz, München 2007,
S. 51–63

1   Das Verhältnis und damit der Briefwechsel endeten 1854, *Madame
    Bovary* wurde drei Jahre später abgeschlossen.
2   »Wo ich Ruhe und Frieden über alles liebe, habe ich in Dir nichts als
    Aufregung, Gewitter, Tränen oder Wut gefunden. – Einmal hast du mit
    mir geschmollt, weil ich einem Kutscher befohlen hatte, Dich nach
    Hause zu bringen, was hast Du nicht für ein Gesicht gezogen bei dem
    Diner mit Maxime, was für eine Breitseite habe ich an der Bahn aus-
    gehalten, weil ich ein Rendezvous versäumt hatte, usw. … Die Sze-

nen, die Du bei Du Camp und im Hotel gemacht hast, wohin Du Dich noch zweimal hast zurückfahren lassen, haben auch nicht verfehlt, mir ein ziemlich lächerliches Aussehen zu verleihen.« Gustave Flaubert, *Die Briefe an Louise Colet*, Zürich 1995, S.243.

3   Brief an Colet, 31.Januar 1852, S.365

4   Brief an Colet 19.September 1852, S.522

5   Brief an Colet 16.Januar 1852, S.357.

6   Brief an Colet 28.Juni 1853, S.722

7   Brief an Colet 22.Juli 1852, S.482.

8   Brief an Colet, 23.Dezember 1853, S.873 f.

9   Gustav Flaubert, *Madame Bovary,* in der Übersetzung von Wolfgang Techtmeier, Leipzig, o.J., S.6.

10   Metapher frei nach Flaubert, *Madame Bovary,* S.178.

11   Ebd., S.11

12   Gustave Flaubert, *Madame Bovary*, Éditions Gallimard, Paris 1972, S.24. Dt.: »Die Kopfbedeckung war neu, der Schirm glänzte noch«, S.6

13   Gustav Flaubert, *Madame Bovary,* Leipzig o.J., S.17.

14   Ebd., S.18

15   »Charles war von dem Weiß ihrer Fingernägel überrascht. Sie waren glänzend …«, Ebd., S.18.

16   Ebd., S.26

17   Ebd., S.321.

18   Wie zu Ende des Romans bei Emmas Begräbnis. Beigesetzt wird Charles' Madame Bovary sinniger(böser?)weise in ihrem Hochzeitskleid.

19   *Madame Bovary,* S.83

20   Ebd., S.128

21   Ebd., S.41

22   Ebd., S.21

23   Gustave Flaubert, *Madame Bovary. Sitten der Provinz*, Zürich, dritte, verbesserte Auflage 1987. S.26.

24   Gustave Flaubert, *Madame Bovary. Sitten in der Provinz*, München, Zürich 2003. S.31.

25   In der nachfolgenden Ausgabe bei Ruetten & Loening, Berlin 1990, wurde die Stelle »normalisiert« zu »Der Schirm«.

26   Ein einziges Mal wird ein Koffer erwähnt.

»Fegende Gärtner, schreibende Frauen«
Zur Wirklichkeit der Erscheinungen bei Virginia Woolf

Vorstufe: »Die Öffnung des Gehirns auf die Seele. Roman und Poesie bei Virginia Woolf«, in: *horen* 48. Jahrgang, 3. Quartal 2003, S. 49–60

1 Vgl. den Tagebucheintrag vom 26. Januar 1920: »Ich habe nur Bedenken, inwieweit das menschliche Herz sich in der Form umfassen lässt«, Virginia Woolf, *Tagebücher 2, 1920–1924*, Frankfurt am Main 1994, hg. von Klaus Reichert, S. 32.

2 Virginia Woolf, *Mrs. Dalloway*, Frankfurt a. Main 1977, hg. und kommentiert von Klaus Reichert, Frankfurt am Main 1997, S. 7.

3 Ebd., S. 8

4 Ebd., S. 18

5 Siehe S. 47

6 Virginia Woolf, *Die Wellen*, hg. von Klaus Reichert, übersetzt von Maria Bosse-Sporleder, Frankfurt a.M. 1998, S. 8.

7 Woolf, *Eine Skizze der Vergangenheit*, S. 96, zitiert nach *Virginia Woolf*, dargestellt von Werner Waldmann, rowohlts monographien, Reinbek 1983, S. 90.

8 *Die Wellen*, S. 199

9 Ebd.

10 *A Writer's Diary*, hg. von Leonard Woolf, Hogarth Press 1953, London 1985, S. 162. »Ich könnte vielleicht Bernards Monolog so bringen, dass etwas aufgebrochen wird, tief umgegraben, Prosa in Bewegung versetzt wird wie – ja, das schwöre ich – Prosa nie zuvor in Bewegung versetzt worden ist: vom Gekicher & Gebrabbel bis zur Rhapsodie«, Virginia Woolf, *Tagebücher 4, 1931–1935*, hg. von Klaus Reichert, Frankfurt a.M. 2003, S. 19.

11 Tagebuch vom 20. Januar 1932, *Tagebücher 4*, S. 22

12 Tagebuch vom 23. Januar 1931, *Tagebücher 4*, S. 22

13 Tagebuch vom 10. Januar 1931, *Tagebücher 4*, S. 22

14 Tagebuch vom 2. Januar 1931, *Tagebücher 4*, S. 18

15 Bereits 1908 fragte sie in einem Brief an ihren Schwager Clive Bell, einen der Freunde aus dem Bloomsbury-Kreis: »Und was für Bücher ich schreiben soll – wie ich den Roman reformieren und Dinge einfangen werde, die sich jetzt noch entziehen – wie ich das Ganze fassen werde und völlig neue Formen gestalte …«, zitiert nach *Virginia Woolf*, rowohlts monographien, Reinbek 1983, S. 93.

16 Virginia Woolf, *The Waves*, London 1992, S. 5

17   *Die Wellen*, S.8
18   Ebd., S.146, 170
19   Ebd., S.167
20   Ebd., S.7
21   *The Waves*, S.3
22   *A Writer's Diary*, S.166. »Was mich im letzten Stadium interessiert, war die
     Freiheit & Kühnheit, mit der meine Phantasie all die Bilder & Symbole,
     die ich vorbereitet hatte, ergriff, benutzte & verwarf. Ich bin überzeugt,
     dass das die richtige Art & Weise ist, sie zu benutzen – nicht in festen Fü-
     gungen, wie ich es zunächst versucht hatte, zusammenhängend, sondern
     einfach als Bilder; ohne je eindeutig sein zu müssen; nur andeutend. So
     hoffe ich, dass ich das Geräusch von Meer & Vögeln, Morgendämme-
     rung & Garten unterschwellig beibehalten habe, so dass sie ihre Arbeit
     unterirdisch tun«, *Tagebücher 4*, S.28. – Das »sie« der deutschen Überset-
     zung könnte auch als »es«, bezogen auf »das Geräusch«, zu lesen sein.
23   *Die Wellen*, S.185 f.
24   Ebd., S.60. – Auch in seinen Gedanken kehrt der Rhythmus der Wellen
     wieder, die Metapher und Konkretum für die Figuren selbst sind (jede
     Figur ist eine Welle; sie alle zusammen sind Wellen, gehend, kommend,
     sich verändernd, gleichbleibend).
25   Ebd., S.124 f.
26   Ebd., S.208
27   Ebd., S.230
28   *Tagebücher 4*, S.27 f.
29   Gertrude Stein, *Erzählen*, Frankfurt am Main 1971, S.51.
30   *A Writer's Diary*, S.167, 30.Mai 1931. »Aber wie es doch die Muskeln in
     meinem Hirn zu einem festen Knäuel zusammenzurrt!«, *Tagebücher 4*,
     S.54.
31   *Die Wellen*, S.53

Du, fast ich.

Marcelle Sauvageots Liebe in Zeiten der Einsamkeit

Vorstufe: »Für Dich, bei mir«, Nachwort zu Marcelle Sauvageot, *Fast
ganz die Deine*, München/Wien 2005, S.93–107

1   Marcelle Sauvageot, *Fast ganz die Deine*, München/Wien 2005, S.15.
2   Ebd., S.5
3   Ebd.

4   Ebd., S.10

5   1936, 1943, 1986.

6   *Fast ganz die Deine*, S.5

7   Ebd., S.8

8   Ebd., S.15

9   Ebd., S.22

10 Siehe hierzu S.28 f., zu Annette von Droste-Hülshoffs Gedicht *Das Spiegelbild*.

11 *Fast ganz die Deine*, S.19

12 Ebd., S.20

13 Ebd., S.47

14 Ebd., S.32

15 Ebd., S.41 f.

16 Ebd., S.15

17 Ebd., S.52

18 Ebd., S.48

19 Ebd., S.8

20 Schon der Aufbau macht deutlich: es gibt einen Rahmen um Sauvageots Briefe, die jene von Bébé beantworten. Bébés Schreiben mögen im Übrigen nie existiert haben, die Antworten mögen in anderer Reihenfolge entstanden sein als abgedruckt, später arrangiert, gekürzt, ergänzt. Sauvageots daraus zusammengefügter Text ist ein Kondensat, eine Essenz-Biographie, so geschickt und dezent einem literarischen Verfahren unterworfen, dass die innere Dringlichkeit des Tons bewahrt blieb.

Try See, Try Say.
Sprachwandern mit Gertrude Stein

»Try see, try say. Bemerkungen zum Übersetzen von und bei Gertrude Stein«, in: *Park 57/58,* 2003, S.30–35

1   Gertrude Stein, *The First Reader*, Ritter Verlag 2000, S.44.

2   Ebd., S.44

3   Ebd., S.6

4   Ebd., S.44

5   Ebd., S.8 f.

6   Ebd., S.8 ff.

7   Ebd., S.8 f.

8   Ebd., S.16 f.

Frau Bachmann
und der Schwindel im Erzählen

Vorstufen: Rede, gehalten am 23. Juni 2006 in Klagenfurt zu Ehren des 80. Geburtstages I.Bs; »Die leidende Seherin«, in: *Die literarische Welt*, Samstag, 24. Juni 2006, S.1; »Frau Bachmann. Anmerkungen zu Autorschaft«, in: *literatur/a*, Jahrbuch 2006, hg. von K. Ammann, D. Moser, Klagenfurt 2006, S.94–108

1 Vgl. Christoph Tholen, *Zäsur der Medien*, Frankfurt am Main 2002.
2 Adolf Opel, »*Wo mir das Lachen zurückgekommen ist …*«. *Auf Reisen mit Ingeborg Bachmann*, München 2001, S.86.
3 »Das Tremendum – Sylvia Plath ›Die Glasglocke‹. Entwurf«, in: Ingeborg Bachmann, Werke, Band 4, hg. von Christine Koschel u.a., München 1984, S.358–360, hier 359.
4 Wolkenschatten auch dies: 1961 schrieb der Kritiker Joachim Kaiser über das *Dreißigste Jahr*: »Plötzlich hat sich die zeitgenössische Novelle aus der Umklammerung durch die short story wieder gelöst.« 45 Jahre später ist die Wertung »Umklammerung durch die short story« weggeweht; die Novelle gibt es weiterhin, deutsch war sie nie, denn sie wurde bei uns erst spät imitiert und ob sie heimisch wurde, darüber könnte man streiten, doch auch die Zeiten, in denen die Amerikanisierung der deutschen Literatur gefordert wurde, haben wir, scheint es, hinter uns.
5 Nervogastrol verspricht Linderung bei Magenbeschwerden, »mit Dauerwirkung«, Eidran versichert »nimm Eidran – und du schaffst es« –, durch trinkbare Kraft sollen Unzufriedene geheilt werden; und Zirkulin mit Allicin beugt hohem Blutdruck vor. Begleitend: Zeichnungen von einem Hund, einem Magen, einem Hausapothekenschrank.
6 Ingeborg Bachmann, *Das dreißigste Jahr*, München 1991, S.16
7 Christian Schärf, *Der Unberührbare*, Bielefeld 2006, S.41

Friederike Mayröcker, Luna in Sprachen
49 Mondschübe nach Wien

Vorstufe gesendet am 29. Mai 1996 auf WDR 3

Zitiert wird aus den Werken: *Magische Blätter I–IV*, Frankfurt am Main 1983, 1987, 1991, 1995; *Das Licht in der Landschaft*, Frankfurt am Main

1975/1994; *Lection*, Frankfurt am Main 1994; *Abschiede*, Frankfurt am Main 1980; *Und ich schüttelte einen Liebling*, Frankfurt am Main 2005. Im Hintergrund: Gedichte aus den Bänden *Das besessene Alter*, Frankfurt am Main 1992, *Notizen auf einem Kamel*, Frankfurt am Main 1996, *Mein Arbeitstirol*, Frankfurt am Main 2003.

Grammatik der Verbindungen
2888 Verse die Donau hinab, mit Michèle Métail

1 Synonymfelder werden aufgebaut (Maßlosigkeit Exzesse Überspanntheit Extravaganz), Gedanken als Assoziationsfolgen entwickelt (wie Sturm, dann Drang, dann Drama, dann Inszenierung, 0060 ff.), Wörter auf Anfänge (mit Ab-), Endungen (-losigkeit, …) oder Bestandteile wie »un…lichkeit« (1075 ff.) hin gruppiert, was bisweilen zur »Lösung des Rätsels des Doppelsinnes der Bedeutung der Wörter der Inschrift« (0110) führt.
2 Die Grammatiker sprechen von genetivus objectivus und genetivus subjectivus. So kann etwa die Fügung »das Beißen des Hundes« entweder davon handeln, dass der Hund beißt, oder dass er selbst gebissen wird.

Schreiben und Leben
Antonia S. Byatts Tesaband

1 Antonia Byatt, *Stilleben*, Frankfurt 2000, S. 396.
2 Antonia Byatt, *Frauen, die pfeifen*, Frankfurt 2006, S. 508
3 Siehe das Spiegelgedicht von Annette von Droste-Hülshoff, S. 27 ff.
4 *Stilleben*, S. 318
5 Ebd., S. 457
6 Ebd., S. 458
7 Ebd., S. 463
8 Ebd., S. 469 f.
9 Ebd., S. 408 f.
10 Ebd., S. 331 ff.
11 Ebd., S. 412
12 Ebd., S. 413
13 Ebd., S. 414
14 Ebd., S. 351 f.
15 Ebd., S. 396

Bildnachweise

Annette von Droste-Hülshoff © ullstein – ullstein bild
Gustave Flaubert © ullstein bild – KPA/Topf
Virginia Woolf © ullstein bild
Marcelle Sauvageot © Editions Phébus
Gertrude Stein © ullstein – Camera Press Ltd.
Ingeborg Bachmann © DER SPIEGEL 34/1954
Friederike Mayröcker © Brigitte Friedrich
Michèle Métail © gezett.de
Antonia S. Byatt © Isolde Ohlbaum

Verlagsgruppe Random House FSC® n001967
Das für dieses Buch verwendete FSC®-zertifizierte Papier
Schleipen Werkdruck liefert Cordier, Deutschland.

2. Auflage
© 2007 Luchterhand Literaturverlag, München
in der Verlagsgruppe Random House GmbH
Satz: Greiner & Reichel, Köln
Druck und Einband: CPI – Clausen & Bosse, Leck
Alle Rechte vorbehalten. Printed in Germany
ISBN 978-3-630-62121-0

www.luchterhand-literaturverlag.de

btb

Ulrike Draesner

Spiele

Roman

ISBN 978-3-442-73636-2

1972: das Jahr, in dem Katja erwachsen wurde, und
ihre erste Liebe sie verriet und von ihr verraten
wurde. 1972 war aber auch das Jahr, in dem mit der
Geiselnahme der israelischen Sportler die demons-
trative Weltoffenheit der olympischen Sommerspiele
aufs Brutalste torpediert wurde. 20 Jahre später
beginnt für Katja eine Suche nach dem, was damals
wirklich geschah. Und es zeigt sich, wie sehr die
private Geschichte mit der großen, politischen
zusammenhängt.

»Spannend wie ein Film. Spiele gibt es darin übrigens
erstaunlich viele - nicht zuletzt in der Liebe, von der
Ulrike Draesner in diesem Roman mit wunderbarer
Nahaufnahme erzählt.«
Deutschlandfunk

»Ulrike Draesner hat ein sprachmächtiges Buch
geschrieben, das den historischen Terroranschlag mit einer
erfundenen Lebens- und Liebesgeschichte verknüpft.«
Der Spiegel

www.btb-verlag.de